Ⓢ新潮新書

伊集院 静
IJUIN Shizuka

無頼のススメ

605

新潮社

帯・カバー写真　宮本敏明

「頼るものなし」ということ

最初に、「無頼」とはどういうことか、定義らしいことを話しておきます。

無頼とは、単なる外見上の恰好や振る舞い、他人に対する無礼な態度とは違うし、人と群れないアウトサイダーではあっても、孤立したドロップアウトとも違う。

あくまで、その人の心の持ち方、生きる姿勢のことをいう。

無頼とは読んで字のごとく、「頼るものなし」という覚悟のことです。

何かの主義やイズムにせよ、他人の意見にせよ、自分の頭と身体を使って考えるのではなく、いつも何かに寄りかかって生きようとする人には、狭量さと不自由さがついて回ります。

しかし、頼るものなし、と最初から決めていると、まず他人に対して楽でいられる。

自分は、何かや誰かに頼って生きるのではない。

腹の底でそう決めておけば、他人にどう思われようがどうでもよくなってきます。

無頼でいることで、何か急な厄介事が起きても、いちいちじたばたしなくて済む。

もともと何ものにも頼っていないのだから、いちいち誰かに伺いを立てたり、策を弄したりしなくても、後のことはなるようになると落ち着いていられる。

「頼るものなし」

という姿勢ができると、周りに振り回されて右往左往することがなくなります。

例えば、私は人が長蛇の列を作っているところには絶対に並ばない。

近頃のコンピュータ車券と違って、昔は競輪場に行くと決められた車券の窓口がそれぞれあって、一番人気の車券のところにはたくさんの人が並んでいたものです。

しかし、人気があって列をなしているからハズレなのだ、そう考えてみる。

「人の行く裏に道あり花の山」

というのは有名な株式投資の格言です。要するに、みんなが一方に寄っていく時は、あえて別の道を進んだほうが大きな実りが得られる。周りに合わせて付和雷同しているだけではダメだということ。これは勝負事の要諦だろうと思います。

若い頃、周りからうつけとかバカ殿と呼ばれた織田信長が、あるとき立ち寄った沼のほとりで、どうもここには河童がいるらしい、という話になった。

「河童とはどういうものか？」

「いや、中国の話ではこういうものらしく――」

あとは終《しま》いまで聞かずに沼に飛び込んでしまったという。

端的な逸話ですが、他人の言うことに左右されない、確かな姿勢というものが感じられる。人の言うことに左右されてばかりだと得られるものは少ない。セルフ・コンフィデンス、ここぞという時に自己確信がなければ勝負事には勝つことはできません。

あえて聞く耳を持たないから何かが得られる。それも無頼の一つだろうと思います。

歴史を大きく変えるような何かを推し進めた人は、みな無頼だっただろうな、そう考えることがあります。

「革命の申し子」ナポレオンは、戦術の定石にしたがって、計算ずくで相手と戦うということをしなかった。まずは現場に出て行って自分の目で状況を見て、最も自分に合った方法を考えたといわれます。

戦術なし、と聞くと頼りなく感じるかもしれないが、実は一番楽な方法なのです。

何とか相手に勝とうとしてあれこれ考えない。変な見栄や虚勢は張らない。

勝つか負けるかは後の結果だから、まずは自分に合わせた喧嘩の仕方でやってみよう。そう考えてみる。すると敗れてもいいじゃないか、敗れて当たり前だろう、という構えがでてくる。「勝ちたい」というのと「敗れて当たり前」というのは逆の発想だと思うかもしれないが、それでも「結果的に勝った」ということはしばしば起きます。

しかし、自分は無頼だからただ突き進めばいい、というのは単なる自信過剰にすぎない。そうではなくて、自分はどうしようもない人間で、ひどい怠け者なんだ、と自分自身の弱さをとことん知っておくことが無頼の大前提です。

「俺は救いようのないダメな人間だ。世の中で一番の怠け者かもしれない」

そう自覚して、そこから動き出す。そういう人はなかなか負けるものではない。

自分の弱点をよく知っていればこそ、何とかしなければならない状況に追い込まれても、カバーする方法が見つけられるのです。

それは同時に、どうせ他の人も同じだろうよ、という発想につながります。

ほんとうは誰だって怠け者で、努力なんかしたくないはずだよ。

そう決め込んで周囲を眺めてみると、ずいぶんと頑張っているように見える人でも、裏では相当な怠け者に違いないという見方ができる。

無頼というと、一人きりのアウトローみたいに思うかもしれないが、それは違います。

いつも誰かとつるんでいたり、他人と自分をひき比べて悩んだりするのではなく、自分の駄目さ加減をよくよく知っておくこと。

それが第一歩で、だから独立独歩を貫くことができるようになる。

人は生まれる時も死ぬ時も、結局は一人でしかない。

この当たり前の大原則を心にとめておけば、他人からどう言われようがかまわないだろう。他人の評価を気にせず、一人で歩いているうちに、ああ自分の足で歩けるんだ、という実感を大事にするようになるはずです。

それは真のリベラリズムに近いものだろうと私は思います。

もとより無頼は他人に押しつけるものではない。周囲に合わせてできるだけ平均的に生きたい、そのほうが安全な人生を送れるだろうと考える人は、それで生きればいい。人には人、自分には自分のやり方というものがあるから、無理に誰かを引き込もうとは考えない。それはニヒリズムではなくて、自分はこうだと思うが他人には干渉しないというのが、他者との関わり合い方だろうと思うからです。

それでも、最終的にはほどほどに生きてもタカが知れてるぜ、ということは言えるかもしれない。どうも自分は人目ばかり気にして生きている、何だか堂々めぐりの人生で嫌だから何とかしたい、と思うなら無頼という生き方がある、ということです。

私は世間では「無頼派作家」と呼ばれているようです。

辞書で「無頼」を引くと、「正業につかず、無法な行いをする」、「たよるべきところのない」とあるから、確かに当てはまるところもあります。

六十四年の人生を振り返ってみると、酒やギャンブルや放浪、理屈では割り切れない焦燥や孤独もあり、放蕩者と周囲に呆れられるようなことも少なくなかった。

けれど、そのなかで多くの「眺めのいい」男や女に出会い、いつしか人として生きるたしなみのようなものを教えられてきたような気がしています。

身体を壊すほど酒を飲むことも、方々に借財を重ねてまでするギャンブルも、締め切りを抱えながらの旅も、世間の良識からは歓迎されないだろうと思います。

だから、これから私が話すことを反面教師としてもらっても一向にかまいません。

でも、一度きりの人生、どういう生き方をしたところで誰にも等しく締め切りはやってきます。ならば、自分を世の中に合わせて「順張り」していくばかりでいいのか。

無頼という「逆張り」思考の何かが、役に立つことがあるかもしれません。

無頼のススメ……目次

正義など通らないのが世の中だ

正義を声高に語るな

一九七〇年前後のベトナム戦争の頃、私は横浜のドヤ街にいて、ロサンゼルスからやって来る兵器輸送船から爆弾を小船に積み込む沖仲士《おきなかし》のアルバイトをしていました。

暗い海の上での作業は危険を伴いますが、マスコミに取材されたりするとまずいので、夜間ひそかに沖合でやるしかない。朝がた積み込み作業を終えて沖から上がり、日ノ出町あたりの定食屋でみんなで飯を食べていると、「ベトナムに和平を」、「ようやく終戦か」みたいな新聞の見出しが目に飛び込んできます。

すると、爆弾を運んだ年寄りたちが口々に言いはじめるのです。

「じゃあ、さっき運んだ爆弾、いったいどこに行くのかね」

「最近ますます増えてるのに、どうやって戦争終わるってんだ」

「新聞は戦争になると、いつもこういう書き方しかしやがらねえから」

実際、太平洋戦争が終わり近くになって日本軍が敗退に敗退を重ねているときでも、当時の新聞は連日のように皇国の勝利はゆるがないと嘘八百を書き続けた。

老人たちは、新聞がしょせん戦争で「真実」なり「正義」を書くわけがない、ということを肌身で知っていました。

そういう中にいると、自然と自分もそういう皮膚感覚ができてきます。だから当時、自分と同じ世代の新左翼やべ平連（ベトナムに平和を！市民連合）のデモを見ながら、私は腹の中でこう言っていたものです。

「それではほんとうに国が変わるのか？　俺はその日を食べていく金が必要だから、一個何円かでこうして毎日爆弾を運んでいる。それをあなたがたは戦争に加担しているとでも言うのか」

「お前たちが心酔しているイデオロギーや平和主義というのは本当に正義なのか。本当に正義というものがこの世にあるなら、一度でいいから目の前に『これが正義です』と持ってきて俺に見せてくれないか」

正義というのは、人間が生き死にする日々の傍《かたわ》らでじっとしているようなもので、目に見えるものでも、旗を振って叫ぶものでもありません。

正義なんてきちんと通らない。

正しいことの半分も人目にはふれない。

それが世の中というものだろうと私は思います。

何かにつけ、不正だ正義だと騒ぎ立てるのは日本人の悪い癖です。

何年か前に騒がれた八百長相撲にしても、百キロをゆうに超えるような巨漢同士がガチンコでぶつかりあったら無傷でいられるほうがおかしいと思う。実際の土俵を見たことがないから言える〝正義〟でしかない気がするし、窮地にあって星の貸し借りは人間の情、世のならいというものではないのかね。

「正義について話をしよう」というブームにしても、正義や民主主義の名のもとに世界中で一番戦争を繰り広げているアメリカの大学教授が言うのだからおかしかった。『日本人とユダヤ人』の著者、山本七平さんは旧約聖書にある「人間の正義は汚れた下着」という言葉を引いて、日本人の考える「正義の味方」というもののいかがわしさを指摘しました。

そもそも正義、真実、真理という言葉を日本人一般が使うようになったのは明治以降のことで、その定義も、具体的に何を指すのかも私にはさっぱり分からない。むしろ、正義について語るのは、「ありもしない話」をすることと同じだろうと思います。

イデオロギーは若者の流行病

近頃はイデオロギーやイズムがすたれ、思想や哲学にこだわって変に動きにくくなるぐらいなら、そんなもの持たないほうがいい、という考え方が広がっています。

私はそれをとやかく言うつもりはありませんが、東西冷戦の時代、戦後の六〇年・七

○年安保闘争やべ平連運動など、左翼と右翼、それから中道に分かれていた時代に左翼ははっきり敗れ去った。それは確かなことだろうと思います。

しかし、もっと印象が強かったのは彼らが「正義」を声高に言いすぎたこと。

それと、鉢巻きをしてデモで叫んでいた人たちが左翼から離れた後の生き方が、あまりに個人主義的に立ち回った。

別に個人主義自体が悪いということではないけれど、一時は運動の渦中でワイワイ文句を言っていた連中が、気がつくといつの間にか「文化人」みたいな顔をして世の中を上手に渡り歩き、中には首相までのぼり詰めた人もいる。年金が少ないとか、減らされるとか文句を言っている老年世代も、同じように無責任だと思います。

国を作り変えるのは、そんな生易しいことではない。

例えば、インド独立の父・ガンジーの生涯を考えるとつくづくそう思います。

イギリスによる植民地支配の時代、インドの人々が汗まみれで命がけで綿花を作っているとき、イギリス人たちは舞踏会や狐狩りをして優雅な毎日を暮らしていた。それを実際に自分の目で見たガンジーは、こんな生き方は違う、この社会構造は間違っていると身をもって確信した。誰かに教えられたのでもなければ、借り物のイデオロギーに拠ったわけでもなく、自分の目で見たもので判断して、行動している。

銃や暴力で他者を征服するような帝国主義の時代に、ほとんど裸同然で、さあ私とともに行こう、と非暴力を掲げて貫いた。驚くべき無頼だと思います。

本当に強い人間にはそういうところがあるものです。何千人か何万人かの中には、たとえ自分一人でもやるべきことをやろうとする者がいて、それが世の中を変えていく。

長州人では吉田松陰、それから高杉晋作などもそういうつよさがあります。

高杉晋作は長州藩の高級官僚でありながら、藩の考えに諾々としてしたがうのではなく常に状況を見て自分の頭で考え、果断な行動に移し、一気に周囲を巻き込んでしまった。ときには藩に出させた大金でわっと芸者を揚げてハデに散財してみたり、どこか日本人ばなれした無頼を感じます。

彼らが主役として明治維新を見ることはなかったが、結果として大勢の人がついて行ったし、国を変えるエネルギーの発火点になった。世の中をろくに知らない人が説くような、生半可なイデオロギーとは次元が違います。

司馬遼太郎さんは、かつてスターリンはイワン雷帝に、毛沢東は始皇帝にあこがれたことを引いて、書斎のイデオロギーと現実はずいぶん違うのだということを書かれていた。雷帝も始皇帝も、大きく国を作り変えた一方では暴虐で知られていました。

結論として言うなら、イデオロギーなど若者が罹りやすい流行病みたいなもの、おたふく風邪とかはしかみたいに一度経験すれば免疫になる、そのぐらいに考えておけばいいものだと思います。

人間も世の中も、そう簡単なものじゃないからね。

生きものとしての勘を磨く

違和感を大切にする

「こいつは騙《かた》り者だな」

私はテレビや新聞を見ていて、時々そう口にすることがあります。

例えば最近で言うと、耳が聴こえないという有名な作曲家がいて、ある時、NHKのドキュメンタリーを見ていた家人が「見てみて、すごい人よ」と騒ぐので一緒に番組を見た。すると、暗いところにうずくまって何だか深刻な様子で作業している。耳は聴こえないかもしれないが目は見えるだろうに、おかしいではないか。

「こいつはそんなタマじゃない、ニセモノだ」

「ひどい、どうしてあなたはそう疑い深いの」

後になってゴーストライターに無理に曲を作らせていたインチキがバレて家人のほうが頭を下げましたが、要するに「違和感」があったということです。

似たようなことは、何年か前に民主党に政権がかわった時にもありました。

総選挙の少し前から、私が現在住んでいる仙台近くの山の中まで自民党の候補が連日やってきてスピーカーで演説をしていた。十五年以上住んでいて初めてのことだったから、「ああ、今回は自民党は負けるぞ」と言っても家人はピンと来ないようだった。

自分の周りに見たこともないような連中がうろうろしはじめたら、世の中が大きく変わる兆しだと考えなくてはいけない。おそらく戦争もそうだろうと思います。

人間は、実際に経験したことから直感が鍛えられていく。

そういう生きものなのだと思います。だから、菜っ葉服（作業着）姿でべ平連や新左翼の言動を眺めていた時に感じたような直感――どう見てもこの顔ぶれはまともじゃないな。でも今からまた沖に出る酒臭いオヤジどもは、爆弾を運んでもとにかく生きようとしている。そちら側の意見こそが人間として正しいにちがいない——が大事になる。

最近は、経験と洞察力、そして直感を兼ね備えた「論客」が少なくなりました。

自分の目で見て何かを感じとることは、メディアやネットを通して意識的に情報を取り入れるよりはるかに大事。情報をかき集めるだけでは能がないし、もともとその種の「情報」というのは、流したい側と読みたい側が一致したところで得られる、全体としてみれば小さな枝葉にすぎないのです。

だからこそ年配者の智恵が必要になるときがある。

例えば、第二次大戦の頃のチャーチルの自伝や日記を読むと、その洞察力の鋭さに驚かされます。細かい話は省《はぶ》きますが、彼はヒトラーもスターリンも、会ってすぐに「ああ、この人間は信用できない」と見切っている。「わが国民を、絶対にあの連中の勝手にはさせない」と早々に覚悟を決めているのは、情報でもイデオロギーの違いからでもない、やはり人間としての直感だったのだと思います。

ビギナーズラックを忘れない

人間の勘について、前にこんな話を聞いたことがあります。

古代エジプトで他人のものを盗んだ者は、「猛毒の蛇と普通の蛇がいる二つの壺、どちらかに入るように」と命じられた。つまり、最後に一度だけ生きる権利を残してやるから自分で選べ、ということです。

すると、八割近くの人が毒のない蛇のいる壺に入るというのです。

確率では五分五分になるはずなのに、現実にはそうはならない。

やはり人間というのは理屈を超えた能力をどこかに持っている。それが生きものとしての五感であり、「直感」だろうと思います。

知人に、競馬では返し馬（出走馬がパドックから本馬場に入り、発走するまで行うウォーミングアップ）のときの走り方を見てピンときたのを買う、という人がいます。これも、スポーツ新聞などの予想記事より、自分の目で見た直感を信じるという意味では正しい方法です。

そもそも私に言わせればギャンブルはすべて記憶のスポーツ、記憶の遊びです。

確か、前にもこれと同じ状況があって、そのときはうまくいった。だから来る。

逆に、この状況で負けた記憶があるから、みんなが買っても自分はハネよう。

面白いことに、そうした記憶のほとんどはその人がギャンブルを始めた初期にある。

ギャンブルには、「必ず当てまっせ」みたいな、宇宙の法則より不思議な「初心者向けの窓口」みたいなものがちゃんとあるということです。

ところが長くやっているうちにみんなそれを忘れてしまう。

「ビギナーズラック」というと、単なるマグレ当たりみたいに聞こえるかもしれませんが、私は、それこそが今まで人類が生き延びてきた原因ではないかな、と考えています。

ヒトは生まれ出でてたちまち死ぬようにはできていない。

何とか自分の目で見て、感じて、危険を乗り越えて生きようとする。

それこそが原始から人類に与えられているビギナーズラックというもので、生きものとしての直感をいかに働かせるか、磨いていくか、それが人生のあり方を決めていくのだと思います。

人間の直感をさかのぼって考えてみると、行き着くところは「出アフリカ」（約十万年前、アフリカ大陸の東の端からアラビア半島へと渡っていったのをホモ・サピエンスの起源とする考え）にあるのかもしれません。原始人みたいな暮らしだったとしても、彼らにも家族も子どもも生活もあっただろう。それがある時、さあ向こうへ行くぞ、と決めて歩きはじめる。アフリカの端からその先へ、未知の土地へとさらに進んで行った。

なぜ行こうとしたのか。

そこに無頼の正体、根っこがあるような気がします。学問的な解釈ではなくて、もっとヒトの本能に近い部分にある、生きものとしての何らかの勘、そういうものが働いたのはまちがいないことだと思うのです。

植村直己のように単独行を好んだ冒険家、誰も行ったことのない場所をさがし求める探険家というのは、それを現代に表現しているのかもしれない。

そう考えることがあります。

すぐ役立つものはすぐ役に立たなくなる

情報より情緒を身につけよ

昔、吉行淳之介さんが「街角の煙草屋までの旅」という粋なエッセイを書かれていた。
「私たちが飲み屋や角の八百屋まで歩いて行くときでさえ、それが二度と戻って来ないことになるかもしれない旅だということに気が付いているだろうか?」（ヘンリー・ミラー）という文章を引いて、近所の煙草屋まで歩いて煙草を買いに出かけることも一つの「旅」、都会の中を動くこと自体が旅なのだという話です。

近頃は、電車の中でも喫茶店や飲み屋、あるいは歩きながらでもスマホをいじる人が多くなりました。ひとときの間でも何かにめぐりあうのが生きるということなら、ちょっと画面から目を離して車窓の外を眺めたり、何か感じたりするだけでいい、それが「無所属の時間」でもあるのにな、そんなことを考えます。

当人がどう思うにせよ、スマホをいじっている人は、男も女もみな判で押したように同じ表情と目つきをしていて、その姿には大人としての風情が感じられない、情緒というものがありません。

人が生きていく上では、情報より「情緒」が大切です。

例えば、名門と呼ばれるようなゴルフコースには必ず情緒があります。単に趣向を凝らした小綺麗《こぎれい》なコースだったら、ブルドーザーで一気にならしていけば、大して時間をかけなくても作れる。でもそこには思わず「ほう」と感嘆してしまうような、歳月を経た、立ち姿のいい、そしてスコアを左右するような木がない。うまく打てても失敗しても、ホールを移動しているときにもおよそ感慨がないのです。

情緒には年季というか、歳月がかかる。

それは人間の姿かたち、ふるまいの情緒にも通じることです。

情緒はいくらお金を出しても買えるものではない。

だからこそ、無頼な人ほど情緒を大事にしているものだと私は思います。

情緒や情念は、人間にとっての「美」とも深く関わります。

ソクラテスは「美や徳というものはどうすれば培えるか」と問われて、「そうではない。人間は美しいと思う心、徳とする精神のあり方をもともと持って生まれてきているのだ」と答えたそうです。

私はその考え方が好きで、犬と一緒に星を眺めていると、「お前もよかったな。哲学的なものに触れられて」なんて考えたりします（ちなみに私に一番なついている犬はペットショップの売れ残りで、原稿を書いていても酒を飲んでいても横にいる）。

以前、旅先のチリで一気に海中に崩れ落ちていく氷河を見たことがあった。一年のある時期だけに見られる巨大なブルーの崩落を見て、ガガーリンの「地球は青かった」ではないけれど、「ああ、滅亡していくものは美しいな」と感じたものでした。

二〇一一年三月十一日の夜に見た星空も、周囲の灯が消えているせいもあって、怖いぐらいに美しかった。「美はかくも残酷と隣り合わせなのか」とため息が出ました。

夜の空襲で焼夷弾が落ちてくるのを見て綺麗だったと話す人がいるように、戦時中に同じ経験をした人は南方戦線などでもたくさんいただろうと思います。

「美」はどこにあるのか――私が数年前まで海外に美術作品を訪ねる旅（「美の旅人」シリーズ）を続けたのは、万人が美しいと思うものの正体が何なのか、絵画を通してそれを知りたいと考えたからでした。

私には大して知識もテキストの蓄積もありませんから、ひたすら数を見ていくだけでしたが、それでも実際に自分の目で見た量が増えるにつれて、ホンモノは全然違うんだな、ということがわかってきました。

だから「美しい」といわれるものは画面ではなく、できるだけ肉眼で見てほしい。

スマホというのは携帯電話というよりパソコンみたいなものだそうですが、ネットの中には気配がない、風が吹いていない、匂いもしない。幽霊だって気配ぐらいはあるというのに幽霊でさえない。無機質なデータと色があるばかりです。

ヒトに備わるビギナーズラック、生きものの勘を働かせるという意味では、そこには一つも「答え」がありません。あるのは「らしいよ」という話だけで、この店が美味しい（らしい）とか、どういう人なり場所（らしい）ということ。もしそれを正解だと考えるようだったら、人間としてかなりアブナイと思います。

どれだけ調べるのが早くなっても、「検索」をしただけではたちまち忘れ去る。それは自分でも分かります。何か調べたり知ったりするというのは、自分の手でページをめくって考えながら指で追う、という身体を使う過程があるから身体の中に入ってきて長く残る。細かいことはいちいち覚えていなくても何がしかの芯は残る。だから私は、電子書籍が紙の本を凌駕することは絶対にないと確信しています。

メールは手っ取り早くて便利なものですが、読む相手の心に何かを伝えるということでは手紙に遠くおよばないし、その手のことでどうにかなるような恋愛などニセモノだろうと私は思います。

ツイッターもフェイスブックも面白いのかもしれないが、進んで苦痛に身を置くべき年頃の若者も、いい歳をした大人も、便利にこき使われる中毒者になってはいないか。

便利なものには毒があり、手間ひまかかるものに良薬は隠れているのです。

早さと要領ばかり考えない

私が週刊誌で連載している身の回り相談のコーナーに、「自分はどうも本を読むのが遅くて心配です」という相談がありました。

たしかに、速読とか読書術について書かれた本がよく売れているみたいですが、何も一時間で読んだからエラいわけでもないし、一週間や一ヶ月、いや五年十年かかったからダメというわけでもありません。

私の周りにはそんな本が山ほどあるし、何度も繰り返し手にとる本もある。それでいっこうにかまわないのです。

そもそも生涯ほとんど本を読まなくても、まっとうな仕事をして、素晴らしい人生を送るという人はいくらでもいる。本ばかり読んで分かったような気になるのは、単に

「頭でっかち」になっているだけで、人生も恋愛も、実際に経験したことぐらい確かで、応用の利くものはないのです。

手っ取り早く知ったことは、手っ取り早く忘れてしまう。

それはベストセラーの多くにあてはまることで、仕事にも同じことが言える。

名人と呼ばれるような職人や料理人も、みな若いときは不器用で、親方や先輩に叱られたり怒鳴られて、「何てダメなんだろう、向いてないのかな」としょげたりしながら、それでも前を向いて一つ一つ丁寧に、誠実に仕事を身体に覚え込ませていった。だから今があるし、長くホンモノの仕事ができるのです。

仕事にとって大切な情熱と個性、人の心をゆり動かして世界を変えるようなアイディア、それから自分で誤りに気づく修正力、そういうものはデータや情報ではなく、生きものとしての本能に近いところからしか生まれません。

「こいつ、若いくせに勝手に早合点して、頭のどこかオカシイんじゃないか」

高そうな身なりをして、政治や経済や社会についてスラスラと淀みなく話すような人を見ると、私などはついそう思ってしまいます。
それに、昔に比べると最近の人はとかく早口で、要領よくしゃべろうとします。もともと人の話というのは、後から後から論理を重ねれば相手にしっかり伝わるというものではありません。

他人の話が理解できるのはせいぜい三段論法までで、三十分話そうが一時間話そうが、本質的なことはたった二、三分で済んでしまうような場合がほとんどです。

だから三十分以上も話していると、誰でも次第に論理がズレて、あいまいになってくる。文章にしたら数行程度の本質、それをきちんと伝えたいなら、大事な話は間を置きながら、間違えてはいけないところでは沈黙を交え、ゆっくり話すこと。

小泉元首相にはワンフレーズ・ポリティクスという批判もありましたが、短い言葉で大事なことを伝えるということでは非常に長けていたと思います。

息子の進次郎議員も弁舌さわやかではあるけれど、実際に話をしてみると、やはり論理がズレたり、飛躍したりする。そこを「飛躍じゃない、ジャンプなんだよ」と言い切ってしまう親父さんの勘の良さには、まだまだ及ばないところがあります。
話がズレましたが、すぐに役立つものは、すぐ役に立たなくなる。
それを肝に銘じてほしい。

人とつるまず、「孤」を知ること

金持ちの八割は悪党と思え

かれこれ五年近く人生相談らしきもの（「悩むが花」週刊文春）を続けていますが、近頃感じるのは、以前と違って、ずいぶん個人的なことを聞く人が増えたな、ということです。

「ちょっと好きな男性がいて、だけどその彼氏には今は別の彼女がいて、私は友達でも十分じゃないかと思ってつきあっているのですが、変でしょうか?」

そんな質問になぜ私が答えなきゃいかんのか（人に聞くのか）、と思ってしまう。

「同窓会には行くべきでしょうか?」

というのもありました。学校というのは出たらそこでおしまいだから、私は同窓会など行かないし、世の中に出た大人たちが何をしているか、そちらのほうがよほど面白そうに見える。とうの昔に卒業した学校の仲間と何年もたってつるんでみても仕方ないだろう、と思うのです。

自分が今つきあっている彼氏や彼女のこと。

進路をどうするか、会社の所属部署が気に入らない、取引先とうまくいかない。背が高い、太っている、クセ毛だとか、自分の身体に関すること……。

何かもっと他の読者にも通じるような普遍的、相対的な悩みというのは浮かばないのかね、と思ってしまいます。

もう一つ気になるのは、お金を儲けている人イコール偉いのだ、とのっけから信じている質問が多くなっていることです。

「世の中で金をたくさん儲けたやつの八割は悪党だと思っておけ」

それが私の理論で、昔も今も世の中では悪党のところに金は行く。金を儲けるやつは基本的に悪党で、金儲けは悪いこと。そう考えておいたほうがいいのです。金を持っている人間は常に自分が必要以上に持っているとは思わないものだし、わざわざ手離そうともしないものです。聖書にだって、「金持ちが天国に入るのは、ラクダが針の穴を通るよりむずかしい」と書いてあるぐらいだから。

仕事はお金だけのためにするものではない。

もちろん金は大切にはちがいないが、決して万能というわけではない。むしろ、人を卑しくさせるという危険で厄介な力を持っています。

金を儲けるのが悪いことだ、と言うと変な顔をされることが多くなったけれど、他の人ができないのに、ちょっと頭を使って自分だけが儲けるというのは基本的に間違っていると私は信じています。

そんなこと言ってるから、あまり講演の依頼も来ないのかもしれませんが。

自分の正体を見きわめる

かつて私はダメ社員の典型でした。

遅刻、二日酔い、居眠り、口ごたえ、まさに「超」がつくほどヒドイ新入社員だったのが、それでも懸命に働く男たちを目にすることで、多少なりとも世間というものを知ることができた。それと同時に、いかに自分が勤め人には向いていないかをつくづく思い知らされました。

そんな私が、「これから世の中に出ていく若者に向けて、メッセージをくれませんか」なんて頼まれるようになったのだから、世の中は不思議なものです。

「人とつるむな、孤を知れ」

それが、私がいつも言うことです。

暇さえあればスマホを取り出していじる。

テレビや新聞の言うことを丸呑みする。

いつも誰かと集まって、騒ごうとする。

私に言わせれば、どれも同じように「つるむ」ことでしかありません。

要するに、「孤」を知ることを恐れ、自分の頭で考えようとしていない。周囲と違う行動をとるより、他人と群れることで安心したがるのは社会的動物たる人間の一側面かもしれないが、人とつるんでばかりだと軟弱な大人にしかなれない。そういう人のせいぜいの限界が、いいかげん年を食ってからの「チョイワル」だろうと思います。

「自分の正体を見極めてやろう」

そう心がけていると、これは相当駄目なやつだな、ということが誰でも見えてくる。そこで人とつるむのはやめるし、人に頼ることもしなくなる。

やがて気がつかないうちに、自分の足で立って歩くようになる。

右の頬を打たれたら左の頬も向けなさい、と教えたキリストみたいには、とても自分は生きられない。それができる人はよほど優れているんだろう、欲深くて怠け者でスケベな自分の正体を知ったら、そんなの無理、できっこないと思うしかないはずです。

「自分の正体は何ぞや」それを、若い頃によくよく考えてほしい。

それが「孤」を知ることにつながるはずだから。

できるなら、自分の正体を知るために若いうちに外国へ行くことです。夏目漱石のように留学して孤独とコンプレックスにあえぎノイローゼになるのだって、若いから得られる人生の収穫だと思う。留学しなくても安いチケットを買って一人で異国の地にたたずんでみたら、進学だの就職だの恋愛だのと悩んでいたことなど、まあ大した問題ではないな、と身にしみてわかるだろう。

それと同時に、グローバルスタンダード、グローバル人材とかと言うけれど、東洋と西洋はこれから何年たとうが別ものにちがいないし、日本にしかないものがあるということもあらためて知るはずです。

旅というのは、それと意識しなくても様々なことをその人に教えてくれる。友人も知人もいない、言葉も通じない場所にポツンと身を置くからこそ、自分はいったい何者なのか、世界とは何なのか、それを考えられるのです。

極端な話をすると、「人はなぜ戦場を見るべきか」というのもそこに通じます。戦場で生きるか死ぬかの瀬戸際に立ったら、たかが黄色人種一人が死のうが生きようが、この世界にとっては何でもないんだな、と身にしみてわかるにちがいありません。

それこそが「世界」を知るということで、どれだけネットで情報を集めても、決して世界のありようなど分からないのだと私は思います。

自分には収入のある両親がいて何代続く家柄だとか、どこの大学を出ているとか、今の会社での肩書きは何だとか、家柄やキャリアというのはその人の正体などではない。そういう無意味な「飾り物」ではない、それ以前の正真正銘の自分。それを知ることが無頼のはじまりです。

正常者も異常者も、殺人者も慈愛者も、結局はそこにたどり着きます。

だから、「自分の正体を知る」というのはその人が息絶えるときまで続く、生涯の仕事だと言ってもいいぐらいです。

「どうやら俺の正体はこの辺らしいな」

「大人になる」というのは、それがわかってくることに他ならない。

自分の正体が分かると、必要以上のものを求めなくなります。欲が減っていって、生きるのが楽になってくる。

無頼でいられる。

ただし、そこに至る手軽な近道はないけどね。

願わくば七難八苦を与える

苦労は買ってでもしなさい

サントリーの佐治（信忠）会長は、先代（敬三氏）の存在があまりに大きかったから、会社を率いていくにあたって、組織に必要なことは何かよくよく考えたという。その結論というのが、「どんなに辛くても、戦っている限りは最後まで立っている、そういう社員を育てていくこと」だったそうです。

実際、戦っている社員には徹底して優しいが、他人をアテにして甘えている社員に対してては伝統的に厳しいところがある。それぞれが甘えずにちゃんと「個」として立っていて、それが足並みを揃えて太い軸となるから集団として常に戦うことができる。そこに企業としての成功の理由があるのだろう。

作家みたいな、およそ組織とかチームプレーには向いていない人間が言うことではないかもしれませんが、自分はいい加減な部品でいいや、という考えでは他の人たちに迷惑をかけるだけだから、やめるのが大人の礼儀というものではないのかな。

私は知人から、「できれば息子に会社を継がせたい」みたいな相談をされたりすると、いつもこう答えています。

「絶対にやめたほうがいい。三日で潰れるぞ。だってお前、甘やかしてきただろう」

人は一度甘やかしたらどこまでも甘える。

それが人間の怖いところで、他の生き物にはない特徴でもある。甘やかされた人間はそのあと長くその記憶ばかりが残るから、少々苦境に陥ったぐらいでもたちまち弱さが出てしまう。会社を任されても、潰してしまうに決まっています。

「天よ、願わくば我に七難八苦を与えたまえ」

とは戦国を生きた武将、山中鹿之助の名言です。分かりやすく言い換えると、「人生の苦労は買ってでもいいからしなさい」と同じこと。この教えは長く生きてくるほどに分かってきます。辛酸と苦節続きでどうしようもなく苦しくて、とてもそうは思えないときこそ、本当の「個」をつくるために必要な時期で実は恵まれているのだ。そう考えてもらいたいのです。

鉄は熱いうちに打て

時々、若い親御さんから聞かれることがあります。

「子どもの教育はどうすればいいのでしょう?」

私みたいな男に尋ねるのもどうかと思いながら、いつもこう答えます。

「お母さん(あるいは若いパパでもいいが)、ここに友達でもいい、自分以外の誰かがいるとしましょう。あなたのお子さんが、そいつが痛がったり、泣いていたりしているのを見てかわいそうだと感じる。あるいは一緒に泣けたりしたなら、教育の八〇パーセントはもう済んでいますから」

子どもの頃というのは、植物で言うなら発芽期みたいなもので、生きる土台をこしらえる大事な時期にあたる。つまり、最初の芽が出る時期に、隣に生えている芽に対しても目が向けられるようだったら、人としてもう充分なのです。

子育ては決して順調にいくものではない。

どんな親子でも、大なり小なり問題なしではすまない。

しかし、他人の痛みを知って、なぜだか知らないが自分も自然と涙が出てくるような教育は八割がた終わり。躾や行儀というのは後から何とでもなるものだし、英語だの漢字だの塾だの、小さいうちから頭の中に詰めこもうとしないことです。

「鉄は熱いうちに打て」

とはよく言ったものです。よく思春期の子育ては難しいといわれますが、性欲がある限り、人は死ぬまで思春期が続くと言っても過言ではないと私は思います。それよりも人としての土台をこしらえる発芽期のほうがずっと大事。

「ここぞ」で頑張れるか

かつて私の父は朝鮮半島から海を越えて日本にやってくる人々のブローカーというか、世話役みたいなことをしていました。朝鮮戦争もあり、かなり忙しい時期もあったようですが、「山口の趙さんのところに行けば、滞在先から行きたい先まで切符もくれて、何から何まで全部面倒を見てくれる」というので評判だったらしい。

そのせいか、前に父の世話になったという人がお金を持ってよく訪ねてきたものです。けれど、父はまったくと言っていいほど、相手を覚えていませんでした。

「いいか、金で揺さぶられるな、金がないからといって誰かに揺さぶられるような人間にもなるな」

それが父の口癖でした。一度たりとも小遣いをくれたことがなく、お祭りや何かの記念日があっても、五円や十円だってもらえない。だから、弟と一緒に落ちている釘を拾い集めてスクラップ屋に売って駄菓子屋に行っていたし、チビてすっかり短くなったエンピツでも、キャップを付けて書けなくなるまで使い切るようにしていた。

今にして思うと、良い教育だったなと思います。

子どもたちが進学する際には、父の前に正座して「どうか行かせてください」と頭を下げてお願いするのが決まりごとになっていました。父はその目の前で母親から成績を聞いてこう命じるのです。「だったら一校だけ、この一番難しいだろうというところを受けさせる。それで落ちたらもう行くな」。

今は受験というとほとんどの場合、まず本命とスベリ止めがあって、それ以外にも試験なれするために受けておこうか、みたいなものだという。親の収入が子どもの教育レベルに比例するという話もよく耳にします。

でも、昔のほうが家は貧しくてもいい学校に入ることができたのは、一校しか受けられないという追い込まれた状況があったからこそ、怠け者でも「ここぞ」と頑張って集中することで、何倍も力が出せたのではなかったか。

九世紀の初め、弘法大師空海はエリート官僚や学僧たちが集まる難しい遣唐使の選抜にパスして、普通だったら四十年も五十年もかかるような密教の教義を、唐の高僧から短期間で集中的に伝授されました。それは空海に語学の才も詩文の才も飛びぬけたものがあったから可能だった、と世の人は考えるかもしれません。

しかし空海には、「自分は弱くて怠け者だが、今こそやってやるんだ」という姿勢があったにちがいないと私は考えています。

甘やかさない。苦労はさせるもの。ここぞというときに頑張る。

それが、その後の人生に実りをもたらすのです。

理不尽こそが人を育てる

人は基準から逸脱する

近頃の若者は幼稚になったという声を耳にすることが多くなりましたが、私が感じるのは、人間というものに対して予測ができなくなっている、ということです。想像できないことは考えない。だから大人になりきれない。

なぜそうなるのか。

誰でも最初は生まれ育った家庭で――人によっては養護施設だったりするかもしれないが――人間はこのように振舞うべきだという基準を、親によって目の前に置かれます。

しかし、いざ家から出て学校という集団の中に行くと、まずはいじめに出会います。

程度の差こそあるでしょうが、平然と他人をいじめることができるのが子どもの怖さで、それは本来人間が持っている怖さでもある。その意味では、現実の人間というのはこうあるべきだと教えられる基準からしばしば外れるものだ、という事実を最初に知らしめるものです。

近年の中学や高校でのいじめというのは、ネットを使った中傷とか、昔とは比べものにならないぐらい陰湿で狡猾になったという話がしばしば報じられます。

しかし、いじめの根そのものを誰もが持っている以上、世の中に出てもなくなりはしない。だから、要は怒れるかどうか。怒れれば、乗り切れるはずです。

弱くていじめられている子でも、ブチ切れてやみくもに相手に突っかかっていくと、結果はどうあれ、ほんとうの怒りを前にしてみんなたじろぎます。

先ほど教育で一番大事なのは「相手の痛みを知って泣けるか、思いやる感情を持てるかどうか」だと言ったのは、他人事にして逃げない気持ちを持てるか、という意味もあります。私はいじめに遭っている子には、「怒れ、相手を許すな」と言った。そいつが

「そんなの無理だ、やられちゃう」と言っても、「向かっていってやられたっていいんだ。後のことは後で考えればいいじゃないか」。

そう言ったものでした。最近は、いじめを目にしたり、知っていたりしても、ほとんど他人事として避けたまま学校を出てくるようです。いじめた側の人たちも、その後グレてヤクザになるわけでもなく、意外と成績もよくて、けっこう名の知れた会社で真面目なサラリーマン生活を送っていたりすることが多いという。

いずれにしても、いじめのような「基準からの逸脱」は人間につきもので、現実の世の中では、人は人を殺したりもする。そういうことがありうるのだと想像し、予測して対応することを身につけなければいけないのです。

建前は裏切られる

学校的な教えというのは、数学的なものの考え方の初期みたいなものです。つまり、いくらの買い物をすればお釣りがいくらかという当たり前のことからはじまって、ウサギとカメの喩え話のように、コツコツ努力すれば最後は追いつくとか、ベースはすべてそういう「建前」から成り立っている。

しかし、それらの建前は、実際に世の中に出たときにしばしば裏切られる。建前だけで生きていける方法など、実は社会の中にほとんどないのです。

少し話がそれますが、先日ちょっと縁があって一緒に飲んだ相手が仕事は「権利調整」だと言う。要するに地上げ屋のことで、バブル真っ盛りの頃は、善良な市民をいじめて住む場所を追い立てる悪者の代名詞でしたが、今は相手を脅したり、力ずくで追い出したりして土地をまとめるなんてとてもできないそうです。

売る側も最初からレコーダーやカメラ、さらに弁護士を用意しているのは当たり前で、ときには暴力団が絡んでいたりもする。買いたい側の不動産会社にはおおむね躊躇《ちゅうちょ》がないが、土地の持ち主には売ることへの躊躇と儲けたい気持ちとが混在している。

そこで、買う側と売る側の間に立っての権利調整役の出番になります。

マッチポンプみたいなやりとりをしながら、一方だけがへこまないようにバランスをとりながら、上がり時と下がり時をにらんで話をまとめる。理屈だけでなく、人の損得勘定を客観的に見きわめなくてはならないのが今時の「地上げ」なんだそうです。

人の善悪はいちがいに言えるものではない。欲得や打算は常について回る。

要するに、世の中は建前で成り立っているわけではないのです。

面倒な作家が編集者を伸ばす

私は、人が世の中を知るためには、「理不尽がまかり通るのが世の中だ」ということをなるべく若いうちに、頭ではなくて身体で覚えることが大事だと思っています。

社会に出たら白いものでも黒と言い、黒いものでも我慢して白だと言わなければならないことがある。世間とはそういうものです。そこで、いや自分こそが正しいと、いちいち目くじら立てても取り合ってくれないのが普通です。

誰だって毎日笑って楽しく暮らしたいにちがいない。

人生の喜怒哀楽というが、怒と哀ばかりでは気力が失せてしまう。

それでも怒哀の方がずっと多いのが私たちの暮らしです。それは社会や時代のせいでも、その人のせいでもなく、世の中というのはそういうふうにできている。

西田幾多郎は、「涙をもってパンを食うた事のない人の人生観は、いかほど価値のあるものであろうか」と言ったという。彼は八人の子どものうち五人を失っています。

人間の世の中は、どれだけ裕福で丈夫に育っても、外へ出たら必ず理不尽がある。理不尽というと敬遠されますが、山中鹿之助の「七難八苦を与えたまえ」の言葉のように、理不尽こそが人を育てるというのはまちがいありません。

自分の仕事周りを見ても、若いうちに理不尽で厳しい編集長の下で仕事をした編集者は伸びる。逆に、入社早々楽をすることを覚えてしまうとその後なかなか成長しない。もっと言うと、ワガママで面倒な作家を三年担当するとさらに伸びます。私などその一人と目されていますから、「伊集院さんの担当をしていました」と言うと、「じゃあ、たいていのことは大丈夫ですね」とみとめてもらえるんだとか。

実際、締め切り間際に編集者が酒場で飲んでいたりすると私は怒ります。

「こっちが朝から晩まで必死で原稿書いてるってのに、お前は何そんな音楽の聴こえるところでゆうゆう飲みながら待ってやがるんだ。せめて音楽が聴こえないところで電話しろよ。でも？　だから？　いや？　そんなことも気がつかないから、お前と仕事すると接続詞ばっか多くなるんだよ！」

こんな調子ですから、まあ、われながら理不尽だと思います。

でも、楽しんでお金をもらえる仕事なんてないのだから、当たり前ではないかな。理不尽ということで、思い出した話があります。少し前に母に、「今まで一番怖かったことって何？」と聞いたことがありました。

「そんなになかったけど、機関銃を撃たれた時は怖かったわねえ」

「えっ何だよ、機関銃？　だって、ずっと日本にいたんでしょう」

驚いて聞き直すと、何でも父が闇商売をしていた頃のおそらく一九五〇年代、福岡にあった駐留軍の基地でのことらしい。向こうに話はつけてあるから基地の柵の向こうに何か投げ込むように言いつかったのを、母は相手を間違えて巡回中のＭＰに向かって投げてしまったのだそうです。

「×××!」とチンプンカンプンの英語で怒鳴られ、おろおろするうち、機関銃がダダダッ、と火を噴いた。威嚇射撃だったのでしょうが、母はたまらず頭から伏せて、父が教えておいてくれた唯一の英語、「ヘルプ!」を叫びながら連行され、釈放されるまで二週間かかったという話でした。ずいぶん理不尽な話です。

当時、私の生まれ育った防府は、近くの江田島に飛行場や港湾設備が揃っていたので、「メンター」と呼ばれる練習機がよく飛んでいった。地元に戦争のショックで頭がおかしくなった人がいて、メンターが上空を通るたびに、上半身裸になって木の棒を持って追いかけていました。

時折、そんな光景を思い出したりするのです。

例えば「無頼の流儀」とは

無頼で小説が書けるか

「伊集院さんって、無頼派なんですよね」

大酒飲みでギャンブル狂いという評判のせいか、よくそう言われます。無頼派作家というと、酒、クスリ、女の問題などで坂口安吾や太宰治の名が挙がりますが、勝手なイメージで言わんでくれ、と思ってしまいます。

「そんなバカな、無頼だからといって小説なんか書けるものですか。小説を書くという作業は、自分にしかわからない何かを掘り下げながら、どうすれば読む人に伝えられるのか、一文字ずつ一行ずつ、地道に丁寧に書いていく積み重ねです。自堕落に暮らして、酒を飲んだからどうにかなるようなものじゃないですよ」

私はいつもそう言うのです。ほんとうの仕事というのは大の大人がさんざん苦労しても失敗するようなもの。それは小説にかぎらないことだし、酔って勢いをつけて片付けられるような仕事はろくなものではないと思います。

作家としての精神の姿勢ということでなら、安吾よりも武田泰淳のほうがよほど無頼だろうと私は思います。たしか支那事変の際に、中国三千年の歴史といっても一晩で潰れるんだということを書いていた。達観ぶりは評論家としても大したものです。

外国の詩人ではランボー、作家でいうとサン＝テグジュペリが思いあたります。要するに無頼な作家というのは、他のみんなが書くようなものは書かない。こんなもの書いたっていったい誰が読むのかね、みたいな作品を平気で書き続けられることで、『星の王子さま』などはその典型だろうと思います。

二十年ほど前に直木賞をいただいたとき、雑誌のグラビアに祇園で芸者をはべらせて執筆している私の写真が載りました。ヒドイな、これじゃあ世間がどんな勘違いな反応を示すことか、と内心タメ息をつきながらも、ああ無頼派を演じてくれということか、とも考えました。

演じるというのは、ヤセがまんしてでも恰好をつける、とも言い換えられます。まだ世間知らずの若者が恰好つけるのは単に色気づいて外見を飾るだけですが、私が言っているのはあくまで〝姿勢〟のこと。

例えばどういうことか、話のついでにいくつか挙げてみます。

酒場へ行ったら一人で飲む。

誰かと飲んで別れるときは、一人で路地へ消える。

私がよく「酒場で騒ぐな」と言うのは、酒場で大勢で騒ぐ人は、他人とつるんでヒマ潰しをしているだけだからです。そもそも酒場の大声というのは、「私、いま酔っていますよ」とあたりに主張しているようなもの、本来は主張するより謝るべきことです。

仲間と一緒に酒を飲んで騒ぐことで、孤独を忘れられるという人もいる。

しかし、あえて孤塁を守らなければ自分を真剣に見つめることもなく、流れゆく生を見送るだけになってしまいます。

どうしても人の悪口を言いたいなら、大声でばかばか言うがいい。ただし、一人で。

同じように、公共の場、電車やバスなど乗り物の中では、たとえ友人同士でも少し声を抑えて話すのが大人の礼儀であって、他人に自分の話の内容を聞かせるものではない。人をびっくりさせるようなことをしてはいけない。

人前での土下座、まして号泣するなんて話にもならない。言い換えれば、「目立つことはするな」ということです。自分は輪の中心にはいたくない、という発想ができるようになったら「個」として生きていける。わざわざ（都合も考えずに）人を集めて自己満足の手料理をふるまいたがるようなのはよろしくない。

「先頭に立つな」というのも、好んで先頭に立っている時点ですでに誰かとつるんでいるから。他人が後ろからついてくるかどうかなんて、どうでもいいだろう。

ビートたけしさんは、「並んでまでものを買うんじゃない」とよく母親に叱られたそうですが、私も、いい大人がラーメン一杯で二時間も列に並ぶとか、わざわざ電車に乗って話題の店のポップコーンを買いに行くとか、もしそこに快感を覚えているとしたら、けっこう重度のビョーキではないかと思います。

滅亡の情念を忘れない

一つ大事なことを付け加えておくと、無頼に絶対に欠かせないのが「情念」です。

私がとりわけ競輪が好きなのは、情念が選手の行き先を決めていくから。つまり、そこでお前は己を捨てられるか。若くてもその情念を出せるようなら必ず上がってくる。けれどレースに勝ってこれをしたいあれもしたい、と考えてしまうやつはまず上がってこられない。そういうところが濃厚にあらわれるのです。

己の情念だけを持っていればいい。

その情念というのは、「滅亡の美」でもある。

みな同じように滅びるのなら、醜く死んでもかまわない、そういう情念の根というか、「滅亡の情念」みたいなものがあってこその無頼だと私は思います。

「美」というのは人それぞれ違った考えがあると思いますが、例えば、人を贔屓《ひいき》するなら最後まで支持してやる、ということ。

アイツはたいへんな悪党だといわれても、一度世話になったことは生涯忘れず。

あの女はヒドイ女だとけなされても、一度寝てくれた女を貶《おとし》めることは生涯言わず。

たとえ人を殺したとしても、そこには殺さざるを得ない理由があったはずだろう、憎しみから殺したということなら殺人者には殺人者なりの事情があるものだ——そういう論法で見てやるしかない。そういうことではないかと思います。

少しやわらかい話もしておくと、お洒落をするならスーツで何度も失敗すること。

雑誌で見たモデルを真似るのではなく、自分がそのスーツにたどりつくまでにどれだけ身銭を切って無駄金を使ったか、それが大人のお洒落の勝負を分ける。靴のようないつも長く身につけるものには特にお金をかける。

同じように、いい店を知るには自分のお金で何回も失敗すること。

ネットで評判のいい店を探したり、雑誌の紹介記事を見て行ったところで、迎える側も「ああ、雑誌を見て来たんだな」という気持ちで迎えるだけです。そうではなくて、「よかった、また行きたいな」、「久しぶりだね、これからも長くよろしく」という関係を、相応の費用と年月をかけて作ることです。

若いうちは貨物船の底でホコリまみれでもいいけれど、自分が大人になったと思ったなら、遊びは一等のシートに乗って行きなさい。

内田百閒が書いているのも老人の偏屈ではなく、若いうちから自分なりに積み上げていってこそほんとうの大人になる、ということではないかな。

物乞いをするのは廃人と同じ

健康は自分が決めること

山口瞳さんは『草競馬流浪記』の中で、「ズボンの社会の窓が開いてらくだの股引がのぞいている、そんな爺さんが百円玉ひとつ握り締めて、目を血走らせて単勝のオッズを眺めている。ああいう老人になりたい」ということを書いていました。

確かに、まっとうな仕事をしてきて貯金もソコソコある、具合が悪くなったら介護マンションは買えるだろうか、なんて算段しているのはほとんど生ける屍じゃないか、それなら競馬場にでも行ったほうがまだマシだな、と私も思います。

関心を持つのは年金に医療費、それから安心と安全——老若男女を問わず、最近の日本人はどうも国に頼らないと生きていけないのかね、という感じがします。

　年金の支給額が減らされるとか、開始年齢が引き上げられるとか言いますが、払うときに将来いくら年金として返ってくるかなんて考えてなかったでしょうに。お金をもらえるときが近づいてきたから騒ぎだしているだけで、今さら自分たちは苦労してきた、もっとよこせ、なんて文句を言うのはどうかしていると思います。

「だいたい、国がそんなことしてくれるはずがない」

　齢を重ねて経験を積んでいるならそういう直感があっていいはずで、こう言いたくもなるのです。

「定年退職して、年金でこの先何年かをどう暮らしていこうか悩むより、今までずっと働いてきたんだから、今度は女房を働きに出させたらいいじゃないですか。もらうお金だけアテにしていたら、お金に頼るしかなくなって、ダメになっちゃうよ」

　それに比べて北海の漁師やアラスカのエスキモー、オーストラリアのアボリジニ、ネイティブアメリカンなどの老人たちは、実にいい顔をしているのはなぜなのか。

もともと自然と自分の身体が頼りで、生きるとは国に頼ることではない、というスタンスがはっきりしている。だから、年をとってもしゃんとしていられるのです。

都会から遠い僻地であるほど、不便で厳しい環境のもとで生きているほど、精神的に強くいられるということは、やっぱり都会暮らしというのはどこかで人間性を変質させたり壊したりしているにちがいない。

昔から多くの本にも書かれているように、都会人は仕事でも家庭でもいつも世間体を気にかけてあくせくしている。せっかちな都会で長く生きるうちに、物事の本質、人間にとって肝心なことを忘れているのです。

「昔は誰でも、果肉の中に核があるように、人間はみな死が自分の体内に宿っているのを知っていた。（中略）それが彼らに不思議な威厳と静かな誇りを与えていた」

リルケは、『マルテの手記』の中でそういうことを書いています。かつては男も女もみんな死を意識して生きていたのに、便利や情報や文明がそれを奪っているという。

健康でいたい、老いても健康が大事。

みんな、そう口をそろえますが、どこまで医療にすがってもいつかは死ぬのだし、死ぬときは一人で死ぬ。

何をもって「健康」だというのか。今の自分の健康は医者や検査が決めること？ 絶対に違います。人の健康というのは結局は自分が決めることで、少々悪いところがあるのは当たり前だろう、統計や数値とは合わないだろうよ、ぐらいに考えておくのが妥当。こんな自分だからダメなところ、おかしいところもあるだろう、そう覚悟しておくことです。

物乞う人に与え続けるか

私の父は、「人に物乞いをしたら、もう廃人と同じだ」と徹底して言っていました。家では年に一度、かつて父を助けてくれた日本人漁師のお墓参りに行って、おかげさまでこうして無事に全員生きています、と報告するのが慣わしで、家族全員が揃って出かけるその日は外食になるから、子どもたちにとって楽しみな行事でした。

ところがある日、さあ出かけようという時に、近所にいた物乞いが母親に向かって、「奥さま、先日はありがとうございました」と言うのです。その瞬間、父は顔を真っ赤にして怒りだし、その物乞いに近づいていって肩を揺さぶりながら言いました。

「どうしたお前、ちゃんと二本足で立ってるじゃないか、自分で動けるじゃないか。だったら働け！」

そして母に向かってさらに怒鳴った。

「こいつに何をやったんだ？　モノをやったのか。自分で働こうとしないやつにモノをやるから、いつまでたっても物乞いし続けるんだ。それは人間として一番卑怯なやり方なんだ。二度とするな！」

その光景を思い出すと、頭も身体も人並みに動かせるのに働かない若者も、年金が少ないだの言っている老人も、国家に物乞いをしているように見えてきます。

怠けることをよしとし、物乞いに与え続けるような国家はやがて潰れるしかありません。

先へ進んでこそ中庸

日本をふくめて東洋的な考え方の基本は、中庸を求めることにあります。

そもそも中庸とは、「過大と過小との両極の正しい中間を知見によって定めること」であり、「例えば勇気は怯懦と粗暴との中間であり、かつ質的に異なった徳の次元に達する」(『広辞苑』)ことだそうです。

つまり、どちらかの側にだけ寄るのではなく、左右でも南北でもいいけれど、それぞれの側の問題と修正すべき点をしっかり理解した上で、その間に立って、よりよい方向に進むという精神の姿勢のことをいっているのだと思います。

しかし、時代とともにだんだん意味合いが変わってきて、今の日本では、中庸とは単なるどっちつかず、どこまでも自分の安心と安全を基準にした「事なかれ主義」のような印象を受けます。

世論調査でも、国の将来を左右するようなテーマになると、賛成・反対、支持・不支持ではなく、「どちらともいえない」、「わからない」が多数を占める。要するに、「変化は好まないし、決めたくない」、「わかろうとしていない」と言っているようです。

少子化の問題にしても、出生率が2以下になって、このままでは人口は減る一方だということは何年も前から繰り返し言われてきました。

経済成長に終わりが見えて格差や貧困が浮かび上がり、就職するのも働くのも、結婚して家族を持つことも、もはや当たり前ではなくなってきた。子どもを産むのも育てるのもたいへんなのに、国は無策ではないか――そうマスコミでは報じられます。

しかし本来、子どもを持ってリスクがない時代は、昔も今もこれからもありえない。国や自治体あるいは企業のサポートにせよ、そういう「頼ろうとする」ベクトルが、今の日本人一般のものの考え方の七～八割を占めていて、その点は若者も老人も同じではないかと思うのです。

中庸に立つ基準となるのは、いずれにせよ自己という「個」です。そこが定まらないと、わが身が安全かどうか、他の人はどう考えるか、あるいは借り物のイデオロギーにあてはめるとどうなるか、そればかり考えます。

自分は危険なことには関わりたくない、という考えに慣れすぎていると、危険を乗り越えたその先に何があるのか、という視力が足りなくなる。たえず自分の左右を見回して、みんな一緒にいるかな、自分も同じかな、大丈夫だろうか、という自分の狭い視野の範囲でだけ動こうとする。要するに、近視眼ということです。

何か決めないといけないなら、とりあえず「決定しないということを決定」し、目の前にある支流は渡っても、広くて深い本流を渡るのは先延ばしにしておこう。そういう傾向がずっと続いています。それで一時しのぎはできるかもしれないが、ベクトルとしてはぐるぐる回っているだけで、前進していないということです。

つまり、本来の意味から離れてしまった昨今の中庸とは、ただキョロキョロしている人のことです。

あっちはどうか、こっちはどうか、自分は安全か、他人はどうするかと考えるばかりでは視線が定まらない。他人と手をつないでいれば安心だと考えるのとも、地雷があると分かっているのにあえて踏んづけるというのとも違います。
このまま行くと危険はあるけれど、避けてばかりいてもおそらく別の危険がある。
だったら無頼の一歩を踏み出してみよう。
そういう考え方があっていいのではないか。

終わりなき愚行への想像力を

日本はまた戦争をするのか

私の父は十三歳で単身、朝鮮半島から日本に渡ってきて、教育というものを受けていなかった。しかし、学がないから間違ったことばかり言っていたかというと、そうではありません。

身ひとつで商いを興し、家族を養い、六人の子どもを育て上げた父の言ったことのほとんどは当たっていました。若い頃は確執があって父とは疎遠でしたが、今さらながら、大した男だと思います。

そしてもう一つ、残されたテーマが、それは「日本人は必ずまた戦争を起こす」というものです。

父は、かつて日本人が軍人になったときの姿を目で見て身体で覚えていた。大勢の中には礼儀もあっていい軍人もいたけれど、大半は威張りちらすばかりで、軍隊の物資を運んでいたこともあって何かと賄賂を要求されるし、日本人でないというだけで虫けらみたいにひどい扱いを受けたこともあったそうです。

軍人になると自ずと現れてくる本性を実際に目にして、日本人はいつかまた戦争を起こすだろうと言い、そのときのために子どもたち六人分の土地を、三年に一度ずつ韓国に買ってもいた。戦争になったら、最後は自国へ逃げて、そこで田畑を耕してでも生きろ、というのが父の考えでした。

「日本人はみんな平和主義者だし、憲法九条だってある。日本はもう戦争をしないし、その土地に住むこともないよ」

「いや、それは違うぞ。日本人はいずれ戦争を起こす。その時、真っ先にお前たちは槍玉に挙げられる。今は差別がないというが、そういう根っこは簡単にはなくならない。

自分の土地、国というのは変わらないものだ」

当時は、こんな平和な時代に何言ってるのかな、と半分馬鹿にしてましたが、自分も長く生きているうちに、あれは間違いじゃないかもしれないな、と父の直感を否定しきれない気になることがあるのです。

己れの怒りを抱けるか

「伊集院さんは在日ですが、もし北朝鮮が攻めてきたらどうしますか？」

以前ある新聞のインタビューで、そう聞かれたことがあります。

「いや、在日だろうが何だろうが関係ないね。もし北が自分の家族を撃つようなら、私は絶対に北に銃口を向ける。そしてやっつける。当たり前のことだと思います」

私はそう答えました。すぐさま日本の右翼から賛同の意見が届きましたが、別に私は何も特定の誰かやイデオロギーから支持を受けたいからそう言ったのではありません。もしその人なりそのグループが私の家族を撃つというなら、同じ自分の手で今度はそいつらを殺すだろう。そういう心構えを言ったまでです。

極端な話ですが、ある日突然、誰かが家に押し入ってきて家族が撃たれたとします。残された自分はどうするか。恐いから安全を考えて逃げるとする。一時は外へ逃げられるかもしれないが、相手がその気でいるなら、逃げても逃げてもグルグル回るだけになって状況は何も変わりません。

それなら、やっぱり自ら銃をとって、そいつを撃ちに行かなくてはならない。「目には目を、歯には歯を」という姿勢を持っておくのは人間として当たり前のことです。

平和主義がよくて軍国主義はダメだとか、そういう議論をしたいのではなく、自分の家族や仲間が蔑《さげす》まれたり、殺されたりするなら、まず「怒る」ということが大前提だと言いたいのです。

戦争は、泣き寝入りしていればいずれ嵐は過ぎ去る、という考え方では解決できるものではない。「向けられた銃口に花を挿す」という考え方は、青くさい若者のうちは心地よく響くかもしれませんが、銃口に花を入れても、弾は飛び出します。

武器を捨てれば平和が保たれる、という生半可な平和共存主義は、かつてのフォークソングのような甘い感傷にすぎないと私は考えています。

覇権主義に抗うためには、まずは「怒りがわく」という心の在りようがなくてはならない。私が若者の頃、寺山修司の「書を捨てよ、町へ出よう」という言葉が流行りましたが、私がいま言うとしたら、「依頼心を捨てよ、怒りを出そう」ということです。

そもそも怒りというのは、その人の品性なり品格、人として生きるプライドを守るための唯一の方法ではないか。お金や見栄ばかり守ろうとしたら、それはどんどん崩れてしまうにちがいありません。

もう一つ心配なのは、世の中から公憤のようなものが消え、誰かがウザイとか、気に障るとか、あるいは自分の家の庭に隣の木の枝が出ているとか、どうでもいいことには〝怒り〟をあらわしても、人としてあるべき憤りがはっきり失われていることです。

だから、子どもたちもいじめの現場を目にしても、ただ黙っている。自分にトラブルがふりかからないように、なるべく他の人と違わないように、というおかしな雰囲気がある。それは教育以前の問題で、大きくなってもそれがずっと続いているようです。

あなたは月に何度ぐらい怒りますか？　もしかして一度もない？

無頼というのは、常に何かに対して、どこかで怒っている人間のことでもある。表に怒りを出さなくても、「自立した個」として怒るというのはとても大事なのです。

それは例えばヘイトスピーチのデモ行進のように、大勢と一緒になって「朝鮮人は出ていけ」と叫ぶようなこととは次元が違います。

誰かとつるむのではなく、個として怒り、そうして個々人の内側が強くなっていくなら、日本人という集団は今からでも相当強くなれるだろうと私は思います。

もう一つ、あえて言っておくと、日本人はどうも負け方が下手ではないかな。

歴史に「ｉｆ」はないとしても、最初から勝つことだけを前提にして、負けても当たり前だろうよ、という発想に欠ける。「死ぬ気で戦え」と唱えるだけでは、みんな死が目前にあるような短絡的な戦い方になってしまいますが、冒頭で話したように、「勝つ」というのは相手が決める一つの状況にすぎなくて、喧嘩には「あいつは結局敗れなかったな」ということがよく起こるのです。

もうこのぐらいにしてやろうか、で終わるのと、血まみれでぶっ倒れてしまったというのは大きな違いで、戦いはいったん始まったら、腕の一本や二本折られてもかまわないが、とにかく「最後まで立っている」こと。それが無頼の基本です。

ところが近頃は若者も年寄りも、すぐ何かに頼って横になりたがる。

大丈夫なのかね。

怖がって大勢に流れる

十九世紀初め、イギリスによってセントヘレナ島に流されていたナポレオンは、沖縄を調査に行った英人船長から「琉球という国には武器がない、戦争がないそうだ」と聞いて、「バカ言え、武器を持たない人間などいるものか」と言ったそうです。ナポレオンらしい反応ですが、もちろん戦争は起きない方がいいにきまっています。

しかし、人間にはどうしようもない愚かさがある。

今までだって、人類の歴史には常に戦争がともなっている。歴史の授業で覚えさせられるのは、「××の乱・△△年」とか、戦乱の年ばかりだし、それが事実、歴史の節目となってきたのです。言葉は悪いが、一度ガラガラポンして心を入れ替えて生きるという側面があったのは間違いないだろうと思います。

百五十年ほど前の明治維新の頃の日本に関しては、ラフカディオ・ハーンをはじめ外国人たちの記録がたくさんありますが、イギリスの女性紀行家イザベラ・バードは、「どこに行っても『お人好しの日本人』は、意味もなく笑いながら人の流れる方へざっと寄って集まってくる」ということを書いています。その日本人観の根底にあるのは、「日本人は常に大勢に流れる」という分析です。

幕末、黒船に乗ってやってきたペリーに開国を迫られたときは、「たった四杯で夜も眠れず」という戯《ざ》れ歌が作られるぐらいに恐れおののき、それ以前にもロシアの捕鯨船の船長が、「日本人は脅せば何でも言うことを聞く」と日記に書いています。

要するに、外圧に弱く、どうも大勢に流れやすい。その基本的性質は今も変わっていないように感じます。当時は三百年近くも泰平が続いて、武士も庶民も戦闘意欲が失せていたこともあると思いますが、それは現在にも通じることです。

それに加えて今は、戦争というものの具体的な実像が分かりにくくなっています。最近の中国や韓国との問題、集団的自衛権でも、イスラム国でも、マスコミはどこを見ても、談合でもしてつるんでいるのかと思うぐらいに横一列、似たような映像と、大差のない〝平和主義的〟コメントを垂れ流します。

アメリカやイギリスによるシリア北部イスラム国への空爆にしても、モニターに映し出された標的にミサイルが命中する。その下で何人もの人が死んだり吹っ飛ばされたりしている様子は何も見えなくて、ピッピッピッピッという電子音とともにドン！　と爆発が起こって「攻撃は成功しました」と伝えられる。国境を接するレバノンへのシリア難民は百万人を超えたという。百万人が歩いてくる光景というのはすごいものだろうと思いますが、モニター画面と洒落た服を着たアナウンサーが伝える数字を聞いているだけでは、戦争の実像が想像できなくなっています。

実体験を持つ戦争世代はともかく、戦後生まれの人にとっては想像力と嗅覚が頼りです。

「これは危ないぞ」、「それは違うのではないか」

いち早くそれを感じとる直感というのは、マスコミの情報やイデオロギーに頼っているかぎりは得られない。やはり、頼るものなし、と覚悟を決めてこそ本当の個としての判断力が身についてくるはずだと思うのです。

話は変わりますが、最近の日本を見ていると、古代フェニキア人を思い浮かべることがあります。

フェニキア人には土地も資源もありませんでしたが、航海術を駆使して貿易で栄え、海洋民族として地中海を制した。その中心都市ティルスはアレキサンダー大王への恭順を拒んだことで最後は男子二千人が城壁に磔《はりつけ》にされ、フェニキア人は散りぢりになってしまう。その歴史は、あるところ日本の典型みたいにも思えます。

何もない国、何も持たない民族がどうすれば生き延びていけるか。

彼らフェニキア人は、語るべきでないところで民族の誇りを語ろうとしたから、強者に潰されたのではなかったか。

そもそも、誇りとか名誉というのは人に言うものではありません。他人に自慢話をしたがる人は騙り者と考えた方がいいし、自慢話のほとんどは自分に都合のいいそらごとです。いくらか事実が含まれていたにしても、自慢したところで何の役にも立たない。単にその人が、他人の評価を気にしすぎているという証拠にすぎないのです。

*

同時代を生きる者の責任

少し前に「週刊文春」の連載で、例の朝日新聞の従軍慰安婦報道についてどう思うかと質問があって、ほとんど一ページを使って回答したところ、多くの共感の声をいただきました。それは、次のような内容でした。

確かに捏造証言は戦後ジャーナリズムの汚点で、歴史認識を歪めた朝日の罪は重い。

それは間違いないことだ。だが、そら見たことか、従軍慰安婦で軍による強制連行はなかったじゃないか、と声高に言うのはどうなのか。

日本以外の国の良識ある人々は今時そんな発想はしない。かなりの数の朝鮮人女性が慰安婦になったのはまぎれもない事実で、軍ではなくて斡旋業者が募ったのだとしてもどこに好きこのんで慰安婦になる若い娘、させる親がいるか。

誰だって自分の娘や妹、あるいは孫が慰安婦になること自体が許せない。軍隊が引いたか業者が引いたかは当事者にとっては些細な違いで、そこはきちんと認めて背負うしかない。

歴史をどう見るかという視点で言うなら、戦争に巻き込まれた人にとって戦争は終わっていないし、巻き込まれた人が子どもや孫に伝える限り、その戦争は終わらない。

それが国家として背負わざるを得ない負の歴史というものであって、だからこそどの国も謝り続けるのだ。

二〇一三年の秋、ドイツのガウク大統領がフランス中西部リムーザン地方のオラドゥール・シュル・グラヌ村に行って頭を垂れた。そこはナチスに侵攻され、今は住む人の姿もない廃墟のような町だが、フランスはあえてそのままにしていて、そこに七十年たってもドイツの大統領が謝りに来る。

それが戦争に巻き込まれた人間がいる限り、何度でも繰り返さなければならないこと。私自身、いつまでも謝れといい続ける国交はおかしいと思うし、謝る側がもうたいがいにしたいというのも分からないではない。だが、従軍慰安婦などいなかった、みたいな主張をすると世界中から異論が出るばかりで、大切なのは、戦争が終わりのない愚行だということを再認識することだろう。

アウシュヴィッツ収容所の所長だったリーベヘンシェルがかつてこう言った。

「今の若者には確かにかつての戦争の責任はない。しかし、戦争の真実を知り、再び戦争を繰り返さないことに関しては責任がある」

つまり、他の人が戦争を始めた、他の人がまた繰り返してしまった、とは同時代を生きる者として言ってはならないことなのだ。

＊

私たちがやるべきことは、国と国、メディア同士の感情論の応酬ではなく、人間が起こしてしまう戦争というものについて、もっと深く想像することだろうと思うのです。

恋愛は出合い頭、セックスという「小さな死」

恋は一目でするもの

「誠の恋をする者は、みな一目で恋をする」

とシェイクスピアの名言にあるように、男と女のこと、恋愛というのはどうしようもなく「出合い頭《がしら》」です。だから、どれだけ恋のハウツー本とか恋愛論を読んだところで、こればかりは役に立たないと思います。

見知らぬ者同士が、出逢った瞬間に好意を持つ。その人のことが気になりだす。思っただけで身体が熱くなる気がする。どうも、好きらしい……。

それが恋愛のはじまりというものです。出合い頭というのは、まだ実際にその男とその女が出逢ってなくてもいい。写真一枚見ただけでもいいし、人の噂の中で恋が始まっていたとしてもかまわない。その意味では、お見合いだって出合い頭の一つです。

あの人は生涯忘れ得ぬ大切な存在だった、というのも元は出合い頭ですが、それに気づくには少々年月がかかります。

いずれにせよ、男と女が誰かを好きになって、惚れる。それは理屈ではなく、人がこの世に生きている限り、どうしようもないさがなのです。でも、それこそが「人生を愛でる」ということで、それがなくなったら人類は滅びてしまうにちがいありません。

ダーウィンの『種の起源』を読むまでもなく、猿もライオンもカバも雌しべと雄しべも、相手に出会うその瞬間のために、ひたすら頑張ります。

なぜなら、そこに一番の快楽があるからです。

美食の本として有名なブリア・サヴァランの『美味礼讃』は、読みようによってはほとんどセックス論といってもいいぐらいです。メシを食ったら一度寝てからセックスするといいとか、要するに、男と女が出逢えば必ずこうなるだろう、というスタンスから書かれています。

極端な言い方をすると、フランス人というのはいかに良いセックスをするかを考えてこれまで生き延びてきた人たちじゃないのかな、と考えることがあります。そして彼らの何より偉いところは、「セックスの中にある小さな死」を見つけたことです。

「セックスとは、果てるたびに小さな死と出会うこと」

ジョルジュ＝バタイユのこの言葉は、それだけで人類史に残るものではないかな。人間の脳内でドーパミンが最も出るのは死と隣り合わせにある擬死みたいな状態にあるときだといいますが、その意味では、人は今まで何万回も死んでいるのです。

セックスと同じように、喧嘩でもとにかく倒れずに立ち続けていると、「あ、ここで死ぬのかな」という瞬間がやってきます。それはギャンブルにも言えることで、ギャンブルというのは一つのレースを終えるごとに我を忘れるような熱狂のあとに「小さな死」を迎える。だからこそ面白いのです。

負けるな、最後まで倒れるな、かりそめの死、そしてまた復活する。

その繰り返しで、人生には小さな死が何回も訪れる。つまり、「百万回生きた自分」みたいなものだと思えばいいかもしれない。

いつか別れはやってくる

「世の中で何が愚かと言えば、恋愛にまさるものはない。人生の大切な時間を恋愛に費やすのは賢明な者のすることではない」

そういう言葉もあります。確かに、いい歳をして別れ話でモメたり別れた後でも相手を追いかけまわしたり、あげくに殺傷事件まで起こす人もいるから、なるほど先人は鋭いことを言うとも思います。でも、生涯不犯《ふぼん》を実践するのは微々たる人でしかない。

恋愛は少なくとも最初の出逢いは時間がいらない。そして誰でもできる。

ほとんどは恋愛を経験し、あるいは進行中であれこれ悩んだりもがいたりしている。

それが世の中というものであって、たとえ付き合ってから後は辛抱ばかりだったとしても、それが生きることの素晴らしさでもあると私は思います。

誰かが言った「ビビビッと来た」ではないけれど、出合い頭というのは人が生きる上で実はそれほどたくさんはありません。

それでも、無頼な男（女）には、同じように無頼な女（男）が見えてくるものです。例えば、この家は誰が作ったんだろうか、この文章やあの絵は誰がかいたのか、もしかしたら「自分には頼るものなし」と覚悟している人ではないかな……。言葉で言うとそうなりますが、不思議とそうした「勘」はよく当たります。

無頼な人ほど動物に好かれるのも、何か通じるもの、お互い頼るものなしだね、という勘が働くのかもしれません。

「私には頼るものなし、自分の正体は駄目な怠け者」

それがよくわかっている男（女）には、同じ生き方をしている女（男）が見えてくる。その逆もありで、互いに自然と相寄っていくのです。

ただし、男女が出逢ったらいつか必ず別れがやってきます。

いま恋をして生きているということと、やがて別離や死別が隣り合わせにあるというのは同義であって、笑顔の背後には当たり前のように涙もある。それを知ることが「大人」になる条件なのだと思います。

井伏鱒二が訳した「勧酒」（酒を勧む）という有名な漢詩にこうあります。

「花に嵐のたとえもあるぞ　サヨナラだけが人生だ」

愛する人の死が教えてくれた

亡くした妻のこと

二番目の妻（女優・夏目雅子）とは私が広告制作会社のディレクターをしていた一九七七年、パリで初めて逢いました。当時、彼女は十九歳の駆け出しのモデルで古風な顔立ちが印象的でした。粗末なホテルの部屋で短時間打ち合わせをして、その次に会ったのはアフリカの撮影地です。

それからはお互い仕事が忙しくなり、半年や一年会わないこともありました。それでもなぜか記憶から消えなかったのは、お互いの「個」の中にある何かが反応し合っていたのかもしれませんが、さっき言った「出合い頭」だったとまでは言えない気がします。

今もよく覚えているのは、六本木にあった蕎麦屋へ行った時のことです。店の女将がだいぶ酔った私を見て、「あんた、車運転するんじゃないでしょうね。うちは絶対に飲酒運転は駄目だからね」。すると一緒にいた彼女が、「大丈夫、私はほとんど飲んでいませんから、今日は私が運転します」と言うのです。

ところが店を出て「免許あるのか?」と聞いたら「ない」という。それなのに、一度も運転したことのない私の車を運転して、さっそうと麻布の方へ走り始めた時に、「あ、この人は頼れるな」と思いました。

もう一つは、彼女の家に届けものに行った時のことです。たまたま彼女の家に身体の悪い親戚の子がいて、食べたものをがばっと吐いてしまった。すると彼女は「あら、駄目ね」と言って、ためらいもせずその子の口元についたものを自分の口に入れてしまったのです。

その瞬間、「これは、相当な女性だな」と感じました。

なぜなら、私の母がそういう人でしたから。人を差別しない、食物の大切さがよくわかっている。吐いたものを汚らしいといって避けるのではなく、ごく自然に口に入れたのも生きるということの基本ができていたからだと思います。

それぐらい見事な女振りでしたから、「これはもう俺の正体を見たら来るわけないよな」と思っていました。

彼女は女優としてスターダムを駆け上がり、錚々たる人たちに求婚されることもありましたが、その後マスコミの前に出て、「交際している相手は趙という名前のかたで、私はチマチョゴリを着てお嫁さんになるんです」と言い切った。そんな芸能人は初めてだったと思います。出自とかに対しても全然タブーがないし、世間の俗な常識のなかで生きてはいなかった。

私がどこにいても不思議と離れずついて来てくれたのは、「縁があったのかな」と思うしかありません。彼女にとって私の何がよかったか、それは今もわからないし、周りの人たちも、伊集院なんてどこがいいのか、と言うぐらいでしたから。

そして三十五歳の時、私は彼女を亡くしました。入院していた病院で最後のアタックが始まる前、「明日からきつい治療だから、何か好きなものを食べても、飲ませてもいいですよ」と主治医が言う。おいおいそれは最後ということか、と口まで出かかりましたが、医学的に判断してそう言うのなら、と思い直して二人とも好きだった焼鳥屋の弁当、それとワインを買いに銀座に出かけました。

けれど、よし上等なワインを買おうと思ったときに、私にはその代金三万円がなかった。情けなかった。どうしたものか、誰か知り合いに電話して借りようかとも考えましたが、いや今はそんな状態じゃないだろう、一時間で戻って来てほしいと言っていたしな……。結果的にそれが妻が亡くなる治療となり、「生還させる」という最大のテーマを果たすことができなかった。ついに彼女を帰してやることはできませんでした。

そのとき私が心に決めたのは、「金に揺さぶられるようなことは二度としない」ということです。それ以来、何か仕事をする時でも、これをやればこれだけ儲かります、という類いの話には乗ったことがありません。

それは自分のやることじゃないな、と思うから。

そうやって物事を決めることでずいぶん楽にはなりましたが、愛する人の死をもってそれを理解しなければならないなら、ずいぶん哀しいことだと思います。

流れのような死を想う

今までを振り返ると、最初に好きだった子は原爆症で死にました。

二十歳前後の頃、私は野球部でライバルだった親友と、四歳年下の弟を半年のあいだに相次いで亡くしています。友人は自殺で、高校生だった弟は海難事故で。

台風が接近する中、弟は一人で沖に漕ぎ出したが、浜に流れ着いたのは空のボートでした。冒険家になることを夢見ていた弟の命日が来るたび、何とか助けてやれる方法はなかったかと今でも考えてしまいます。

そして妻をがんで亡くした。仕事を休んで入院治療に付き添いましたが、二百九日間の入院の後、還らぬ人となりました。私は動揺し、しばらくは何もする気が起こらず、酒とギャンブル漬けの茫然自失したような日々を送りました。私が小説家になることが妻の願いであったことを知ったのは、死別して二年後のことでした。

最近では付き合いの長かった男が三人、次から次に亡くなりました。

彼らの死を小説で描いたとき、角田光代さんが、「伊集院は死を川の流れのように書く」とどこかで書いていました。そうかもしれない、と思います。

近親者の死というのは、当人にしかわからない苦節を残します。それを経験した年齢が若いと、それだけ心身をゆさぶられるものです。なぜ死んでしまったのか、という答えの出ない問いを繰り返したり、時の経過や理屈とは別に不意に記憶がよみがえったりもします。

でも一つ言えることは、そのときは分からなくても、どんな哀しみにも終わりはあるということ。生き続けてさえいれば時間が解決してくれる。

時間がクスリという言葉はほんとうです。

人間は何をするかわからない生きものだ

「いい人」のほうが恐ろしい

「会社の前でタクシーを待っていたら、髪を結《ゆ》ったアーティスト風の若い男がやってきましてね、火のついたタバコをプッと玄関前に吹きだして、そのまま受付に入っていったんです。今から訪ねる会社の人の目の前でタバコを捨てるというのは、あまりに無礼じゃないでしょうか――」

先日、ある編集者がそう憤慨していました。

確かに、無頼と無礼とはまったく別ものです。

しかしまあ、少し前までの日本人一般を考えたら、そのアーティストもどきみたいな人であふれていたとも言える。始発の横須賀線に乗ると車内は禁煙のはずなのにタバコの煙が充満していて、魚河岸に買出しに行くとおぼしき寿司屋とか、これから現場に出かける肉体労働者たちが、ときどき窓を開けたり、足元で吸殻をひねりつぶしたりしながら平然と吸っていたものです。

世の中が禁煙だ嫌煙だと騒ぎ始める前のことで、私自身がヘビースモーカーだから面白い眺めだな、ぐらいに思ってましたが、今だってタバコが健康に悪いからといって喫煙者を白い目で見るような男を私は軽蔑します。まして、自分がかつては喫煙者だったくせに、やめた途端に他人を落伍者扱いするような人間をや、です。

もちろん喫煙者の勝手な言い分であることは承知の上ですし、肺がんの原因になるとか、副流煙の害とか妊婦への悪影響のことも知っている。だから私はそういう人がいるところにはなるべく出入りしないようにしています。

私は心臓に持病があるので、体調を崩して何日か煙草を吸わなかったりするとゴルフ場でも空気がうまいし、身体が軽くなったような気もする。だったらやめればいいのに、と言われそうですが、当分そのつもりはありません。タバコの美味さを知っているし、憲法に反しているわけでもないからね。

何かにつけ、行儀のよさばかり求める風潮というのもどうかと思います。「草食系男子」はベジタリアンの男のことかと思っていたら、要するに、女にガツガツしない、行儀のいい淡白な若者のことだという。でも、若い男ほどサカリがつくのが自然なので、ほんとは肉食も草食もないだろうにな、と私は思います。

行儀がよくて清潔なのが今どきの「いい人」だと言われますが、人間というのは何をするか分からない生き物なんだ、ということを忘れてはならない。「えっ？ なんでこんなことするの」という場面に置かれたり、「こんなのアリ？」という状況に置かれたときに、「いや、人間なんだから、これぐらいのことやるだろうよ」と思えるかどうか。それは、世の中を生きていく上でとても重要なことです。

人間はこれが善い人、あれは悪い人、という具合に簡単に割り切れるものではない。そもそも、それを誰がどういうモノサシで決めるというのか。

かのマキャベリは『君主論』の中でこんなことを言っています。

「そもそも人間は、恩知らずで、むら気で、猫かぶりの偽善者で、身の危険をふりはらおうとし、欲得には目がないものだ」

「なにごとにつけても、善い行いをすると広言する人間は、よからぬ多数の人々のなかにあって、破滅せざるをえない」（池田廉訳、中公文庫）

私は、「どうしようもない人」と周囲に言われるほど、その人が無用だと思うことはあまりない。むしろ、世間から善人と呼ばれる人を見ているほうが怖いところがある。

実際、「いい人」と呼ばれる人たちのほうが、よっぽど大きな害をなすことがあるのが世の中です。

人間の抱える悪を見つめる

昔、私の田舎にたいへんな荒くれ者揃いの漁村があって、ヤクザでさえもその町の連中は相手にしないほうがいいと言うぐらいでした。あるとき、その村の漁師の一人が、町のキャバレーで「水呑み漁師」とか言われてバカにされたらしい。

大丈夫かな、このままで済むのかな、なんて言ってたら案の定、店が閉まる夜中の三時ぐらいに四、五人で殴りこみをかけてきて、店の中をメチャメチャに壊していった。ようやく終わりかと思ったら、今度はどこからもってきたのか、バキュームカーで突進して、壁をブチ抜いて、あたりに糞尿をぶちまけて帰っていった。

そんな土地柄でしたから、大怪我を負わせたり、人殺しのような大きな事件があると、「またあの村の連中じゃないのか、あそこは血が悪いから人殺しが出てくるんだ」などと噂されたものでした。

もちろん、言われるなりの理由もあっただろうけど、それでも社会的状況や、その人が置かれた悲劇的な環境だけで人を殺害するほど、人間というのは単純ではないだろうと私は思います。

少し前に神戸で起きた児童殺害事件にしても、マスコミは犯人の生い立ちと経歴から〝理由〟を探ります。親が離婚していて水産高校から自衛隊に入ってすぐにやめたとか、分かりやすい枠で理解しようとしていました。

しかし、人は理由もなしに平然と誰かを殺すことがあるのです。あらゆる殺人に理由づけできると考えるのは、人間に対する考え方として表面的で浅すぎます。

近頃の世の中は、昔みたいにものすごく悪い人間も、徹底的に善い人間というのも少なくなっているようです。みな平均的で行儀はいいかもしれませんが、そのぶん振幅がなくて狭い中にいて、安心や安全を求めて生きている感じがします。

小説の世界にもピカレスク（悪漢小説）と呼ばれるジャンルがある。それだって人間が生来的に抱える悪というものへの理解、そういう部分って自分にもあるよな、と納得できる部分がないと成立しないものです。

一般論として、ほとんどの女性や子どもが人間の悪を理解できないか、したがらないのは、生きものとしての性質がちがう以上、やむを得ないことだと思います。

でも、大人の男として独り立ちして生きて行こう、自分の人生に決着をつけようと考えるなら、世間の道徳とは違う、「人間の悪」を見つめなくてはならない。殺人、戦争、虐殺、そういう悪は許せない、地上から絶滅できるはずだと考えるようなら、いつまでたっても大人にはなれないと私は思うのです。

ドストエフスキーの小説『罪と罰』では、主人公の青年ラスコーリニコフは金貸しの強欲な老婆を、殺されてしかるべきだという理由から確信犯的に殺害します。しかし、たまたまその現場に居合わせた妹まで殺してしまったことで罪の意識にさいなまれる。主人公が殺人という行為に懊悩して、最後は自首するからヒューマニズム小説だと考えるのはまちがいです。それは道徳の本であって、読むに値《あたい》しない。

人類はじまって以来、人間は平然と悪を行うような業を背負っている。元来がそういう生きものだから、平然と人を殺してしまうことがある。青年ラスコーリニコフにかぎらず、人間である以上、誰もがそういうものを抱えている。許せないから消し去れるようなものではありません。

『罪と罰』は、ダメなものはダメと否定して安心できる場所にとどまるのではなく、そうした人間の業というか、原罪をこれでもかというほど見つめる。そのアウフヘーベン

（止揚）があるからこそ文学として成立しているのだと思います。

人間の社会で起きるものごとをほんとうに解明しようと思うなら、いいことだけでなく、悪いこともきちんと両方見なくてはならない。

曼陀羅《まんだら》というものだって、仏様だけが描かれているわけではなく、閻魔《えんま》大王があってこそ成り立つ世界観なのだから。

誰でも「事情」を抱えて生きている

ゴンタクレにも事情がある

小さい頃、家の近所に丸坊主で刺青を入れたすごいゴンタクレがいました。ゴンタクレというのは関門海峡から小倉あたりの方言で、今でいうところのヤンキーとも暴走族とも違う、独立愚連隊《ぐれんたい》みたいな大人たちの手に負えないヤツのことで、子ども心にも近寄りがたい、怖しい存在です。

ある日の夕方、家の近くの銭湯の前で弟とキャッチボールをしていたら、そのゴンタクレがやってきて、ダボシャツにステテコ姿で、猛烈な勢いで建物をよじ登りはじめた。そうして女風呂の上にある天窓のところにカニみたいな恰好でしがみつき、中をのぞきこんでいるのです。

「いま警察に通報したらちょうどいいぞ」

私は走って家に帰り、台所の母に「ゴンタクレが、銭湯で女風呂のぞいてるよ」と見たままを言いつけました。

「えっ、上に登ってのぞいてるの？」

母はそう言ってから少し間を置いてこう続けたのです。

「よっぽど何か、せんない事情があるのよ」

「ジジョウって何だよ。だって、法律やぶってるじゃないか」

「そうじゃないんだよ。誰かよっぽど好きな人がいてどうしても会いたいとか、その姿を見たいとか、そういうことかもしれないじゃない。だから、ほっときなさい」

それが、私が「事情」という言葉をはじめて覚えたときでした。

母は田舎では結構な家の生まれ育ちで、韓国では名家だったんだと自慢していた父のほうが、じつは大した家の出ではなかったことは後で知りました。その母が父のところへ嫁に行くとき、祖母から言われたことがあったそうです。

その一つは、「男の人殺しが縄をかけられて連れ回されているときに、絶対に石を投げたりしてはいけない」。

もう一つは、「身体を売るために町に立っている女の人に、パンパンとか夜鷹とか絶対に言ってはいけないし、子どもの口からも言わせてはいけない」。

なぜなら、「男三人育てれば、一人は人を殺すかもしれない。女三人を育てたら、皆いいところに嫁がせたつもりでも、そのうち一人ぐらいは身体を売らなきゃいけない立場になってしまうことがある。それが世の中というものだから」。

そう教えられたという。じつに三分の一の確率で、わが子が人を殺すか、娼婦のようになる可能性がある。その男にも女にも必ず親というものがある。だから決して貶めたり蔑んだりしてはならないというのです。

私がめったなことで講演を引き受けないのは、文章で四苦八苦しているような人間の話すことがきちんと伝わる自信がないからですが、講演でこの話をすると、年配の人ほど納得してうなずいてくれます。

私の高校時代の恩師である倫理社会（哲学といったほうが適当だったが）のM先生にその話をしたら、「その通りだ。新聞に毎日これだけ人を殺したという話が出てるじゃないか。それが自分たちの身内でないという保証などあるか」。

そう言われたものでした。たしか武者小路実篤が言ったように、新聞の一面を見て物語が浮かばないようなら小説家になる資質はないのだろうし、事実関係だけが書かれたベタ記事でも、その裏側にはとてつもなくたくさんの事情があるにちがいない。

だから山手線を二周ぐらい回って人間を観察してみて、物語が一つも浮かばないようなら、小説家になるのはあきらめたほうがいいと私も思います。

世の中で起きたことは自分にも起こりうる。

今日の三面記事は明日の自分かもしれない。

人は誰だって外からはうかがい知れない、その人なりの事情を抱えながら、それでも平然として生きている。

それは大人になるにつれてだんだん分かってきたことでした。

人間という哀しい生きもの

今でもどこかで殺人事件が起きると、検事や判事は、普通の人間性とは相容れない蛮行だというスタンスで論理的に追及します。弁護士はちょっと立場が違いますが、基本的に、人間がつくった法律の枠組みの中で、検察の論理にしたがって反論を考えていくしかありません。

そしてマスコミは犯人が事件を起こした理由がどこにあるかを探し、そうせざるを得ない社会状況というものを背景に置こうとする。

二十年ほど前に神戸で起きた連続児童殺傷事件でも、犯人の酒鬼薔薇少年がヒトラーの『わが闘争』を愛読していて、部屋の中に鉤十字の絵が貼られていたとか、枝葉のことに理由を見つけ出しては安堵しようとしていました。

もちろん、残虐きわまりない犯行でしたが、妙なものにかぶれたから、あるいはもともと鬼畜のような、自分たちとは違う特殊な人間だったから人を殺したのだと袋叩きにして、ただ遠ざければいいというものではない。人間はそれぐらいのことをやりかねない。どこかでそう考えられないとまずいと思うのです。

テレビに出てしたり顔でコメントしているような文化人は、社会正義をタテに話をしたがります。たしかに、「そういうところもあるのが人間です」なんて言ったら、抗議が殺到するにちがいない。しかし、殺人や戦争という行為に対して善悪と正義を持ち出すのは、何も言っていないにひとしいではないか、そう考えるのです。

人間も社会も、それほど単純に割り切れるものではない。

城山三郎さんの『指揮官たちの特攻』の中に、特攻に出撃する前の晩に料亭に集まった兵隊たちが、床の間から鴨居《かもい》まで、部屋中いたるところに軍刀で斬りつける場面が出てきます。上から命じられるままに従順そのものだった若者たちが、明日は必ず死ぬという現実を前にして、異様な精神状態に入っていった。明日の死を命じる側も命じられる側も、人間とは哀しい生きものだとつくづく思います。

人間を描くのに学校を持ち込まない

中学生レベルの感性

この何年か直木賞などの選考委員をしていて若い人の小説を読む機会が増えました。

もちろん、よくできた小説もあるのですが、一つ共通した欠点があることに気がつきます。それは、自分が過ごした学校でのあり方にしたがって、登場人物たちの性格や存在価値までを決めていることです。

つまり、その人が学校で何をしたか、成績は良かったか悪かったか、異性にモテたかモテなかったか、そういうモノサシに高い価値基準を置いていて、社会に出た後の人生でも、それらをずっと引きずって書いているのです。

中学三年や高校三年の時にどう見えたかではなくて、卒業して学校の門を出た後、その人にどんな世の中の風が当たったか、その中で人としてどう生きてきたのか。それを描くのが小説というもので、都合よく管理された学校内のことや、生徒同士でどう見られていたかなんて、言葉は悪いが「屁」みたいなものじゃないか――。

学校に寄りかかるのは子どもの小説で、大人の鑑賞にはたえない。

そう苦言を呈すると、「でも学校をベースにすると読者にわかってもらいやすいから」と言うのですが、それは読者の共感以前の欠陥小説だと私などは思います。

いくら分かりやすい、読みやすいからといって人間を単純化してはいけない。

私に言わせれば、そもそも人間というのは、自分の中にどうしようもない連中が何人も集まってできているようなもの。小さいうちはよくわからないが、大きくなるにつれて、そいつらがあちこちでのさばりだしてきて、自分でも「うるさい、出てくるな」みたいな混沌とした状態になってきます。

それがおそらく自分というものの正体で、個人だといっても実は個ではない。いいものも悪いものもたくさん抱えながら、何とかかんとか生きていく。そうでないと何も教えられてないのに小説なんか書けるはずがないと思うのです。

書き手の考え方やものの見方が、学校にいた頃から少しも先へ出ていなくて、読者もそうだとしたら、単純さと平たい言い方しか好まない小中学生レベルの感性、人生観が当たり前になってきているということかもしれません。

学校が教えるのは、人としての感性や本性より規範や論理だから、世間とは常に別ものです。学校というシステムは生きていく上で本質的なことを教えてくれるものではない。そこで得たものは卒業した時点で一度捨てるぐらいでちょうどいいのです。

成績で人は見抜けない

そもそも、子どもの時分から人はこうあるべきだとか、こうして生きるのだとか、そういうことをろくに考えてこなかった教師が、少々テキストを読んで勉強したぐらいで子どもの教育なんかできるのかな、とも思うことがあります。

最近の若い人が内向きだといわれるのも、教育の場から自由が奪われたということだけでなく、教える側の問題もあるのではないのかな。

つまり、異質なものや面倒を避けたい教師は自分の枠の中に子どもを置こうとする。教える側はそれで安堵できるかもしれないが、ほとんどの子どもは教える側の器以上にはならない。〝つまらない子ども〟になって当然だろうと思うのです。

最近は大学入試を面接で決めるという話も聞きますが、それは一見、これまでのように偏差値で比べるだけの試験とはちがうようでいながら、たかだか十分程度の面接をする教師の器でしか生徒をはかれない。タカが知れている器で比較するための、別の条件をつくりだすだけではないのか。

成績や平均点、短時間の受け答えの印象、そういう評価だけではその人を知ることはできない。その人がどれだけいい学校で、「いい教育」を受けてきたと言っても、それを自分の身体で実感できないかぎり、活かすこともできません。

昔は教師も生徒も今よりずっと鷹揚《おうよう》で、成績なんかで変なコンプレックスを感じることもなくてすんだし、悪いから将来ダメだったというわけでもないのです。
だから、成績なんかで自分と他人を比べなさんな。
四十人中三十九位だって、いい感じじゃん。
私はそう思うけれどね。

幼少期の記憶が大事

誰かに手とり足とり教えられたことではなくても、幾つになっても自分の中に息づいている記憶——そんなものが案外大切だということは、大人になるとよく分かります。例えば幼少期の記憶がそうです。

私が子どもの頃は家にクーラーなんてなくて、蒸し暑い夏の夜は一家揃ってベランダに布団を家族八人分敷いて、蚊帳《かや》を吊って寝ていました。父が、「おい、俺は寝るぞ」と言うと一緒に寝ないとならなかったが、そういうとき私は少し離れたところに座って夜空を眺めることが多かった。当時は今と違って住宅やマンションの灯りもなく空も澄んでましたから、これでもかとばかりに空いっぱいに星が輝いていて、たまに流星がスーッと夜空をよぎったりするのはなかなか見ものでした。

町の音も聞こえない、窓も開けられないような高層マンションで暮らしていたら、人間としての感性や情緒を身体のうちに叩き込むことはできないと思うのです。

以前、父親が韓国に自分の墓の土地を買ってあるから、場所だけは知っておいてほしいというので一緒に行ったことがありました。風水師が見立てたとかいう山の中の墓所に行ってみると、二十年もたっているので草はぼうぼうで木は伸び放題、道らしきものも見あたらない。墓守と一緒に分け入っていくと、この辺かな、という場所にアコヤガイなどの貝が何枚か埋めてあるのが見つかりました。

ようやく場所は確認したものの、戻るにも遠すぎるし、近くに旅館もホテルもない。

すると父が、「今日は、竹やぶで寝るか」と言うのです。

「子どもの頃は、兄貴と二人で竹やぶの中で星を眺めながら寝たもんだ。蚊帳がなくても竹林の中は虫や蚊が来ない。地面に枯れた笹の葉がたまっているから、人や動物が近づいて来たらすぐわかるからな」

学校で得られるような分かりやすい教訓としてではありませんが、そういう記憶の積み重なりが、確実に私の生き方に影響を与えています。

長生きするには「術」が要る

色川武大さんに言われたこと

学校では学べない、人生についての智恵というものを持っている人にこれまで多く出会うことができた。〝ギャンブルの神様〟と呼ばれた色川武大さんと出会ったのは亡くなる数年前のことで、そう長い付き合いにはなりませんでしたが、とにかく発想がユニークで、驚かされることが何度もありました。

例えば二人で映画『インディ・ジョーンズ　レイダース　失われた聖櫃《アーク》』を観ていた時のこと。ラストに近いところで、聖櫃《せいひつ》の蓋が開いてブワッと亡霊がとび出してくる場面を見て、「スピルバーグって、実際にこういう場面を見てるんだよね」と言うのです。

普通の人は単なるフィクションとして片付けてしまうところで、そうは考えない。有名なムンクの『叫び』についても、「ムンクだって、ああいうものを見ているんだな。世界中で、同じようなものを見ているんだね」。そう言っていました。

それからテレビゲームが流行りはじめた当時、ある女性編集者が、「ああいう一人遊びって、よくないですよね」と言うと、「あれは一人遊びではありません。夜の八時や九時に空の上から日本全国の家の屋根を剝がしてごらんなさい。子どもはいっせいに同じことをしているのですから、一人遊びではなくてみんなで遊んでいるんです」――。

もののとらえ方が人とはまったく違う。そのうえで、

「どうも、そんなカンがするね」

「そっちの先は、具合がよくない気がする」

こういう言い方をよくする人でした。

今でもよく覚えているのは、一緒に東北の方へ「旅打ち」に行ったときのことです（旅打ちとは、要するにギャンブル旅行のこと）。

青森からいざ東京に帰るという段になって飛行機に乗ろうとしたとき、色川さんが突然、「いや、やめておこう。どうも飛行機はよくない気がする」と言いはじめた。

「どうしてですか？　だって急いでいるんでしょう、もう席は押さえてありますから」と促しても首をタテに振らない。「どうも、悪いんだ」。てっきり体調のことかと思って、「それなら仕方がないですね」と私が言いかけると、

「いや、うん……体調もあるんだけど、どうもちょっと目（め）が悪いな。僕が乗ると飛行機が落っこちちゃう気がするんだ。みんなに迷惑がかかってしまう。でも乗らなければ大丈夫だと思うから、君だけ飛行機で帰ってよ」

驚きましたね。冗談言ってるのかと思いました。

結局、私だけが飛行機に乗り、色川先生は電車で帰りました。

それから一ヶ月ほどして、先生は心臓破裂で突然亡くなってしまった。

色川先生は『うらおもて人生録』の中で、「ばくち打ちが飛行機事故にあったら、不運ではなくて、やっぱり、エラーなんだな」と書いています。

その時は変な話だと思いましたが、後から考えると、ありえないことでもないな、あの時一緒に乗っていたらほんとうに飛行機が落ちたのでは、と思うことがあります。とてつもなく他人にやさしい人でしたし、旅打ちの最中でも、夜中、仕事をする先生の部屋には毎日灯りがついていた。その姿は作家を生業とすることになった私のいましめとなっています。

「長く生きるというのは素晴らしいことなんだ。だけど長く生きるためには術（すべ）がいる。術をマスターしなくてはね」

よくそう言っていたものです。裏返すと、「自分には術がない」ということか、それとも「長生きできる術が欲しい」という意味だったのか、今となってはわかりませんが、亡くなる二年ぐらい前から何度となく言われたものでした。

今よりずっと老人が少ない時代だったし、何度も大きな手術を経験していたこと、ばくち打ちは割りに早く死ぬというジンクスも意識していたのかもしれない。でも、自分も色川さんの享年（六十）を過ぎてみると、「長生きするには術が要る」というのは正しい言い方だな、と思うようになりました。

死とは自分の路地へ帰ること

前に、亡くなられた久世光彦さんが、「伊集院はいつ死んでもいいと思っている。彼は五十歳ぐらいが締切りじゃないか」ということをどこかで書かれていました。

確かに、ある程度の歳まで生きられたら一応は自分の区切りとして、それ以上はもうけものと考えたほうがいい。けれど、その後は余禄の、幸福な時間とはかぎらないのが人生というものです。

私は、床の間で家族みんなに囲まれて安らかな死を迎えるとか何か形のよすぎる発想はほとんど間違いだと考えているし、病院で何本も身体にチューブをつながれながら、「お爺ちゃん、死なないで」とすがりつかれるのも勘弁してほしいと思います。

平穏死、尊厳死、終活とか断捨離ブームだとか色々言い方があるようですが、人間はほとんどが半端もので、それが人間そのものではないのかな、と考えています。

八十歳を超えたから大往生で、二十代や三十代の死は夭折だと世間は言います。でもそれは程度の問題にすぎなくて、死というのは誰にとっても、どんな形であっても「そうであった」ということでしかないのではないか。

お前は永遠に生きるだろう、なんて言われたら私は恐ろしくて気が狂ってしまうにちがいありません。ある時代に生を享け、多少の時間差はあってもみんなその時代に生を終えるから、安堵もあるのではないかと思うのです。

「お前の村へ帰りなさい。もう自分の路地へと帰りなさい」

それが私の考える「死」というものです。つまり、自分が初めて「孤」であると知った場所へと帰っていくこと。あくせくした都会でずっと生きていたなら、自分の路地へ帰るからもう静かにしてくれ、といって一人で死ぬ。

「戦場の兵士が見る夢は、勝利の日のことでも敗北のことでもない。それは彼の故郷の美しい山河である」

あるイギリス詩人はそう言っています。戦場の塹壕《ざんごう》の中にいる兵士が、死と隣り合わせで自分の生を想うとき、生きたいと願っても傍らにはっきり死が存在するとき、彼はやっぱり自分の村を思い、路地を思うしかない。それは間違いないことでしょう。

人が死に際して必要なのは人間の情念を言葉にしたもの、それは小説ではなくやはり一行の言葉、詩なのだと私は思います。

久世さんの言われたように、いつ死んでもいいな、という思いは今もあります。

なぜ死なないか。

それは自分はまだ戦っているからです。生きているかぎり、戦いとは「最後まで立っている」ことだから、まだ倒れない。

それだけのことです。

自分のフォームで流れを読む

「九勝六敗」を狙え

ギャンブルについて人から色々聞かれることがありますが、ギャンブルは、これをする人としない人がいる。役に立つわけでもなければ儲かるものでもない。古代ギャンブルが誕生して以来、ギャンブルで蔵を建てた人間もいないし、賭け事というのはお金を投じながら自分を負の領域に置くことになるから、家族にも嫌われます。

以前、旅打ちの途中で、名人と呼ばれる車券師（客に賭けさせて儲けたアガリで食べるという妙な商売）に言われたことがあります。

「仕事というのは誰かの役に立ってこそ仕事なんだ。ばくち打ちは一から十まで自分だけで他人のことなどおかまいなし。そんなの仕事じゃないだろう」

確かにその通りだな、と思いながら少しだけ教訓めいた話をしてみます。

色川さんには、「ギャンブルは九勝六敗を狙え」という有名な言葉があって、その裏には、ギャンブルに逆転勝ちはまずありえないという意味がこめられています。

相撲でも、徳俵まで押し込まれた体勢から一か八かのうっちゃりで投げ勝った、なんてケースはそうそう続くものではありません。だいたいが、互いに押したり引いたりしながら何とか相手を寄り切ってしのぐ。そうやって星を重ねてきて最後にわずかに勝ち越している、というのが勝ちの形だろうと思います。

それをあえて「八勝七敗」と言わないのは、八勝七敗というのは精神的に非常に苦しい状態を強いられるからです。けれど九勝六敗になっている時は、自分の形がうまく続いて出せている。つまり、自分の心の形、その置き所がいい状態でいられる。

そのため必要なのは、「自分のフォーム」というものを作っておくことです。

ギャンブルでも何でも人それぞれ違いますが、自分のフォームをしっかり作らないかぎり、勝負事には勝てません。自分のフォームとは、不意に空から落ちてくるものでもなければ、誰かが与えてくれるものでもない。失敗を繰り返し、人に笑われたり、あきれられたりしながら少しずつ自分でこしらえていくしかないものです。

もう一つ言うと、色川さんはあくまで「先行有利」という考えで一貫していました。例えば、井上陽水さんみたいに、若くして一気に富と名声を手にしてしまう人がいる。それを見て、「あまりうまくいくと、後がたいへんだ」と考える人も多い。トントン拍子で下積みの苦労をしないと、将来何かしっぺ返しがくるだろうという理屈です。

しかし、「それは全然違うね」と色川さんは言っていました。

「若いうちに先行したら、それだけ有利。無我夢中で分からなくても、人の何倍もやったことで早くその位置に立てるのなら、それが生きる上で大事なことなんだ」

だから競馬でも追い込み馬は絶対買わなかったし、競輪でも先行する選手を中心に買っていました。

「だって、走っていたら何が起きるかわからないから」

自分のフォームで流れを読む

それが色川さんのフォームで、私にはこう言ってくださった。

「あなたは若くしてフォームができているから、あとは応用していけばいいでしょう。とにかく自分のフォームを崩さないようにね」

自分のフォームで、少しでもいいから勝ちを先行させておくこと。それが九勝六敗を目指せということなのです。

天の運、地の運、人の運

麻雀でも先行有利なのはまちがいない。逆転に次ぐ逆転なんてできない相談です。

麻雀には必ず流れがあり、天の運、地の運、人の運というものがある。

天の運というのはあくまで天運ですから、あるかないか、本人には測れません。

地の運というのは、何十回も卓を囲んでもほとんど勝ってしまうようなめぐり合わせになる場所のことで、これは感覚的に誰でも気がつきやすい。安藤昇さんなどは麻雀の「場所の運」を解き明かそうと方位学まで研究したそうです。

それから人の運というのは、今その人がツイてるぞ、という運のこと。私の経験では直木賞をとってからの半年ぐらいはまず勝てる。面白いものだと思います。

余談ながら私は作詞の仕事でジャニーズ事務所に縁があって、あるとき事務所の車に乗せてもらったところ、運転手さんが言いました。

「最近、立て続けに三回も追突されたもので、近いうちに川崎大師に厄落としに行こうと思ってるんですよ」

「二十年以上も無事故だったんなら、当然ですよね」

私がそう返すと、隣にいたメリー喜多川さんが身を乗り出してこう言ったのです。

「あなた、それは見当違いよ。今、向こうから運がパッと来てる。そう考えなさい」

なるほど、こういう考え方をするから巨万の富を得たんだろうな、と分かる気がしました。確かにメリーさんは、運がないというのか、何かを「持ってない」人を近寄らせないようなところがある。タレントでも人付き合いでもそうです。

借金を重ねてばかりの私に時々ご馳走してくださるのも、側近の話によると、「伊集院さんの運ですね。メリーさんにはない運をお持ちだから、一緒に食事するんでしょう」。おかしいような、ありがたいような気がしたものでした。

先にふれたサントリーの佐治（信忠）会長にも似たようなところがあります。

「トップとして一番欲しいのはどんな社員ですか?」

以前、尋ねてみたことがあります。すると、

「二日や三日徹夜するぐらいなら誰でもできる。やっぱり、運だな」

懸命に働いている頑張り屋の社員にしたら立つ瀬がないなという気もしましたが、そのときも、「あなたはその点、大丈夫みたいだね」と言われたものです。

佐治会長はラグビー好きとしても知られていますが、その理由というのが面白かった。

「脚の速い選手、当たりが強い選手、これだけ補強してメンバーが揃っているのに、〝流れ〟一つが変わっただけでズルズルと負けてしまうことがある。合戦を見ているようなもので、『あっ、これはイカン』というプレーはすぐに分かります」

ここでも「運」や「流れ」というものに対する関心の強さがうかがえます。

似たような思考は、「球界の魔術師」と呼ばれた三原脩さんにもあったそうです。先輩の黒鉄ヒロシさんに聞いた話です。昔、後楽園球場で三原さんと野球を見ていたときのこと。ゲームは八回裏ぐらいでスコアは八対〇ぐらいのワンサイドゲーム、観客の帰りはじめたスタンドを見ながら黒鉄さんが、

「高校野球とは違いますし、プロでここから逆転はないでしょう。もう終わりですね」

と言うと、

「いや、これは逆転もありますよ。このゲームはまだ分かりません」

三原さんは事もなげに言ったという。すると実際に、八回裏にヒットが続いてまず三点入った。それでもリードは大きい。九回裏も、同じ投手が完投を目指してマウンドに登った。ところが先頭打者がヒットで出るとたちまち点差が詰まっていって同点、そして延長戦、とうとう逆転してしまった。

試合後あらためて、なぜ逆転できると思ったのか理由を尋ねたそうです。

「五回を過ぎたぐらいから、ボールのキレが少しずつ悪くなっていました。たまたま打

球が野手の正面に飛んでいただけで、バットの芯でとらえられていた。相手側はまったくあきらめてなかったから、何か一つ、流れが変われば逆転できる。それが野球というものです」

勝負事に長けた人ほど、結果や数字だけでないところをよく見ているものです。

あるバラエティ番組で、浮かんでいるだけのニセの足場とホンモノの足場があって、それを渡り歩くという趣向を見たことがある。「流れ」が読める人はふしぎと落っこちないが、恐がって足を乗せやすい足場をつい選んでしまうような人がいました。

最初から最後までずっとツキっぱなし、という人もいないが、知識があって優秀なのに波や流れが読めない、どうも運がないという人は確かにいるものです。

チームや会社組織は運のイイのが一人いればいいというわけではないけれど、「流れ」、「運」はやはりあるのだと思います。

努力、才能、そして運が左右するもの

クラッチ・ヒッターの「弱点」

ここぞというチャンスに強く、「クラッチ・ヒッター」と呼ばれた元ニューヨーク・ヤンキースの松井秀喜選手は、「努力できることが才能」と言ったという。それは、彼自身が自分の弱点を知っているから言えることだろうと思います。

逆説的な言い方になりますが、彼の弱点は「怠け者」だということ。その弱点と隣り合わせで、才能というものが存在しているということです。

甲子園や大学野球のスターとして活躍し、期待されてプロ入りした選手の多くが伸び悩むのは、自分ならプロでも通用するはずだ、と考えてしまうからではないか。王貞治

さんだって打者として一度は挫折し、自分の弱さをとことん知っていたからこそ努力し続けられたと思うのです。

少し前、ボクシングの世界チャンピオンで八度の防衛を果たしている内山高志選手のインタビュー記事に、「相手を恐れることはないが、練習をしないことに対しては恐怖を感じる。だから鍛錬し続ける」ということが書かれていた。才能に恵まれたわけではないという自覚があり、自分が怠けていればすぐに察知できるというのです。

なるほどな、と思います。

自分が駄目な状況というのを想定できる人は、それに対していつも恐怖心があるから、人の何倍も努力しようとする。油断するとつい手を抜いてサボったり遊んでばかりいたり、怠け者の弱い部分が自分にあることがよく分かっているから、徹底的に押し込めようとするものです。

松井選手には並みはずれた長打力があった、体力があった、頭もよかった、環境に恵まれたなど色々と理由は挙げられます。しかし確かなことは、怪物と呼ばれて鳴り物入りでプロに入団して以来、彼は一度も後退しなかったということです。

データ野球が浸透していく中で、相手にこれでもかと弱点を突かれることも多かったし、凡打を重ね、顔を歪めて天を仰ぐ姿はスマートには見えなくても、あきらめることなく、いつだって正面を向いて「少しずつでも」克服していった。それがファンの心をつかんだのだろうし、「少しずつでも」選球眼を磨き、飛距離を伸ばしていったことが日米両球界での大きな成功につながったのだと私は考えています。

選手生活の終り頃に松井選手から聞いた話では、彼は素振りをするときに周りが騒がしいと集中できなくて、これは水の上に立っているのか、というぐらいに静かな環境でないとだめだという。その静寂の中でスイングをして、「よし、この音だ」というのが見つかるまで、黙々とバットを振り続ける。かつて長嶋監督が教えてくれたのは、ある時は「ブワッ」、別の時は「ブリッ」だったりして文字で表しようはないそうですが、とにかく、「自分の音」なんだそうです。

私なりに解釈すると、それは本人なりの「静」と「動」のコントロールの仕方、ひいては先ほどもふれた「自分のフォーム」なのだと思います。

打撃の神様といわれた川上哲治さんが「ボールが止まって見えた」と言ったように、動に対して動で向かっていったらとても打てない。時速一六〇キロ近いボールというのは明らかに動の象徴で、それをバットの芯でとらえるには、徹底的に静の状態に近づかなくてはなりません。

自分のフォームを崩さず、どうやって自分なりの静の状態で動をとらえられるか、そこが勝負の明暗を分けるのです。

あのイチロー選手がヒットを量産できなくなったのも、出場機会が減ったとか年齢からくる衰えとかいうよりも、彼の静の状態が消えたか、薄れてしまったことが大きいと思う。年間二百本以上ヒットを打っていた頃は、身体が動きながらも微妙な静の状態をつくっていたのが、今はテレビで見ても明らかにフォームが違います。

ヤンキースが常に優勝争いをしているという環境もあります。メジャーリーグではポストシーズン出場が見込めなくなる夏場以降、若手選手がたくさん出てきて、真ん中近くにどんどん投げてくる。マリナーズ時代のイチローの打撃成績が後半よかったのもそういう環境があったと思います。これは才能と努力以外の問題です。

説明のつかない「神の手」

野球というゲームを見ていると、個々の才能と努力という以外にやはり「運」というか、見えない神の手のようなものを感じることがあります。

直径7・2センチ、周囲23センチという小さな白球に、子どもも大人も、選手たちもひたむきに全身で向かっていく。草野球でもプロの試合でも、奇跡じゃないのか、というシーンに出くわすことはしばしば起こります。

松井選手でいうと、やはり二〇〇九年のワールドシリーズ第六戦です。

対戦成績が三勝二敗で本拠地に帰ってきたヤンキース打線に、ピンチヒッターではなく指名打者として松井が入った。マウンドには渡米以来ずっと苦手にしてきた難敵ペドロ・マルチネスがいる。あわやホームランかという大ファールを二本。

まずい、歩かせようかと相手が考えそうなところ、ベンチもキャッチャーも、チームを引っ張ってきたエースに賭けて松井との勝負に出た。そして二階席に飛び込む特大のホームラン、シリーズ制覇——あらゆる流れと状況、選択と結果がかみ合わないとあのときのMVPはなかった。人間の力では測ることのできない大きな力、才能と努力を超えた運というものが作用しているとしか思えない場面でした。

野球に限らず、スポーツでは、何でこうなったのか、すごいな、としか言えないようなドラマが起こりうる。だから人々はスポーツを見るのだろう。

およそ人間のすることには、単なる偶発の繰り返しだけではとても説明のつかないような流れ、あえて言うなら神の介在とでもいうべきものがあるのではないかな。

作家にも運がある

文学の世界でも、シェイクスピアの全集などを読むと、よくもまあ短期間にこれだけのテーマと密度で作品を書けるものだとつくづく思います。彼は本当に人間だったのだろうか。それと同じようにギリシア神話は神でなければ、いったい誰がどうやって考えだしたのか。そんなことを考えることがあります。

世間では、小説は才能が生み出すものと考える人は多いようです。けれど、わが身になぞらえて言うなら、ほとんどは気力と体力で、かつて吉行淳之介さんに言われたように、そこに宿る何ものかにすがって最後の一行まで書き上げることを繰り返してきたにすぎません。

時々、これは失敗作だな、と自分では思うことがあっても意外と売れることもある。何とか作家として食べていられるのも、やはり運がよかったのに違いない。

虚しく往くから実ちて帰れる

先入観を捨てられるか

空海に、「虚《むな》しく往《い》きて実《み》ちて帰る」という有名な言葉があります。

虚しい状態でそこに行って、大変なものを得て戻ってくるということで、実際、空海は讃岐の国の無名の僧から超難関をパスして遣唐使の一行に入り、密教というとてつもなく大きなものを得て帰ってきました。

当時の遣唐使の中で最もえらかったのは空海より七歳年上の最澄で、彼はすでに高僧の誉《ほま》れ高いエリートでした。帰国後に天台宗を興していますが、彼にとっては留学というより視察に近い感じだったようです。

それでも航海自体には危険がありました。その時は四艘の船が出て、最澄と空海の乗った船は何とか着いていますが、他の二艘は難破して沈んでしまった。

空海はもともと二十年は唐で勉強するという予定だったのが、到着してほどなくインド僧般若三蔵と一緒に暮らしてサンスクリット（梵語）を教えてもらいます。つまり根本仏教の言語を早々に身につけ、その半年後には長安の都で十指に入るという密教の高僧・恵果に教えを乞うているのです。

何百人という弟子がいる中で、恵果の話を聞いて質問するのは、空海ばかりだったという。寝る間も惜しむぐらいに集中して勉強を続けるうちに、恵果のほうでも、どうも教えの大事なところをきちんと諒解しているのは、日本からのこの留学生だけのようだということが分かってきた。半年ぐらいの間に次々と灌頂《かんじょう》を受け、ついには伝法のしるしまで授けられる。やがて体調を崩した恵果が空海にこう告げます。

「自分はもうじき死ぬだろうが、教えるべきことは全て伝えた。お前は密教の教えと曼陀羅を日本へ持ち帰って広めるがいい」

そこで空海は二十年という当初の滞在予定をさっさと切り上げている。最後に費用の足しに詩文を書いて遺していますが、いよいよ帰り際に船に乗るときに言ったのが、

「虚しく往きて実ちて帰る」

空海は天才だったとは多くの人の言うところで、確かに実際に成し遂げたことの大きさを見たら、語学にも詩文にも論理にも直観にもズバ抜けたものがある。仏教だけでなく、薬学や土木技術まで習得している。二年間で全身に実ちてあふれるほどの収穫というのは、凡才ではありえないことだと思います。

でも一番大事なのは、「虚しく往きて」というところだと私は思うのです。空海のものとも山のものとも知れない無名の人間なのに、あれもこれもと欲が強くて煩悩まみれの自分に対して悩んでいる。最澄みたいに視察におもむくというような立場でもない。でもだからこそ、「実ちて帰る」可能性があるのではないか。

つまり、自分はどうしようもない人間だと分かっていれば、おかしな打算もない。心をむなしくして無心でことに当たったから、真価がよく見えてくる。密教という考え方

は人間にとって不可欠なもの、世の中にとってほんとうに必要なものだと分かればこそ遮二無二《しゃにむに》学び、真正面から対峙することができたということです。

エリートが抱える難しさ

大勢いる弟子の中で、特に空海が密教の教えも道具も皆伝されたのは、才能もさることながら、「虚しく往きて」という覚悟が勝負の分かれ目だったと私は思います。

だから、スマホやネットや日々目の前を過ぎて行く情報に踊らされるのは、空海とは真逆で、どうでもいいことで実ちて往きて、何も得るものなくして虚しく帰っているだけではないのかな。そういう生活を一度きれいに捨てさって「俺、何もないからね」という構えでいられたら、ちがうものが満ちてくることがあるかもわからない。

そういう空海に対してやはり最澄という人はエリートぽいところがありました。知識も礼儀も備え、たびたび空海に密教の教えを乞うたりもしていますが、どうも経典を借り出してテキストに当てるようなことが多くて、身体ごと飛び込んで密教を体得しようとする姿勢が感じられない。それが空海を苛立たせ、ついには決裂してしまっている。要するに、虚しく往きて、ということができなかったのだと思います。

世間からエリートと呼ばれるような人には、自分はもともと「持っている」という大きな錯覚があって、東大なんか出ていると、社会に出ても自分は他人より優れているんだ、と頭から信じて疑わないところがあります。

裏を返せば、どこまで行っても他人の評価が基準になっていて、自分の基準で、「個」として考えることができない。

前にも言ったように、世の中で学校を引きずるのは幼稚なことです。その上もし学閥みたいなものにすがって要領よく出世したいなんて考えるようだったら、二十年三十年先に取り返しのつかないことになるのではないかな。

「そんなやつはほっとけ、ほんとうは屁の突っ張りにもならないことで最初から錯覚している人間に何もできっこないから」

そう言いたくなることもあります。でも逆に言えば、いま自分に「虚しく往きて」という心の構えができるかどうかが勝負の決め手になるし、それさえあればまだ人生は何とかなるだろう。

虚しく往きて――エリートと呼ばれる人ほどそれが難しい。

差し伸べた手にしかブドウは落ちない

運のかたちは様々ある

かつて大鵬親方は樺太から引き揚げてくる際、三隻ある引揚船のうち二隻がソ連の潜水艦に攻撃されて沈没してしまったという。親方と母親が乗っていた一隻だけが難を逃れたものの、故郷の小樽まで行くはずが、体調が悪くなって稚内で下船した。すると小樽へ向かう途中で、その船も沈められてしまいます。

彼はそれから親戚の木こりの手伝いをしたりして、貧しくて苦労の多い暮らしをしますが、身体が大きくて力があったので今度は相撲部屋に売られてしまった。だけど彼はそれが自分の運だったというのです。

王貞治さんは、たまたま犬を連れて多摩川べりを歩いていた一本足打法の恩師荒川コーチと出会ったそうだし、やはりそれも運だろう。

ビートたけしさんも、大学を中退してアテのない頃に浅草のストリップ劇場でエレベーターボーイ募集の張り紙を目にした。そこで師匠と出会い、漫才師の道へ進む。それをたけしさんは運だと言うが、私もそう思います。

たかが張り紙でも、普通の人が見落としそうなものを見つけるか、見のがすか。実際にやってみて、「ふん、エレベーターボーイかよ」で終わりそうな紙切れを目に留めて、最初はただ働けているだけでもよかったのが、やがてそこで多くの芸人や師匠と出会って、道がひらけていった。何もないところから具現化していく強さがあるのが素晴らしいし、それも「虚しく往きて」だったからできたと思うのです。

人生で何がしかのことを成し遂げた人たちに共通しているのは、苦悩や不運のどん底にあるような時期でも、後から振りかえって考えてみると、素晴らしい運と出会っていること。人の生きる姿勢であったり、進む道を決めるのは、人との出会い、あるいは何ものかとの出会いだと私は思います。だからいつも言うのは、「差し伸べている手の上にしかブドウは落ちてこない」ということです。ほんとうに欲しい、必要だと思って差し伸べている手というのは、いつか落ちてくる果実を受け止められる。ただ口を開けて待っているだけでは果実は落ちてこないし、手の上に落ちてきたブドウは食べられても、地面に落ちたものはすぐに腐ってしまいます。

だから、無心で何かを見つけようとしている目、手を差し伸べて何かをつかもうとする姿勢が常になければ運は向いてこないのです。

前を見て、ウロウロしてみる

運や流れを引き寄せるのに必要な心構えを挙げてみよう。

うつむかない。

後退しない。前のほうへ行く。

それからウロウロする。

何が見つけたいのかはっきりわからなくても、ウロウロしていれば必ず何かには出会うことができる。ウロウロするのは何も恥ずかしいことではなくて、それこそが唯一の方法だと思います。よもや手元でスマホ検索ではいけない。人目なんか気にしないでとにかくウロウロしていくことが大事なのです。

そしてなるべく人のいるところへ行く。

大勢に流されるということではなく、何か見つけようとするなら人の中へ入って行くことも大事。暗いほうへばかり足を向けるのではなく、光ある方へ歩んで行くこと。

うつむかず、嘆かず、泣かずに。

私が若い頃、いくつか小説を書いて雑誌に応募したところ、そのうち一作が賞の最終選考に残った。もしかしたら小説を書いて食べていけるかも、と思ったりしましたが、二番目の妻を亡くしてからはほとんど作品にならず、なすこともなく放蕩漬けの日々を送っていました。

そんな時、旅先で色川先生が、「少しずつでもいいから、相撲のぶつかり稽古みたいに書いてみてはどうですか」と言われた。

その言葉が、先が見えず悶々としていた私には一つの灯りに見えました。

自分自身のことは言いにくいのですが、運がよかったのは間違いない。

むしろ運だけでここまで生きてきたかな、という気もします。

男でも女でも、出会いに恵まれたことは大きかったし、その意味では運と出会いというのは表裏一体だと言っていいかもしれない。

時代にめぐり逢うという不思議

千七百年間も書聖とは

哲学者の西田幾多郎に、太平洋戦争の頃に書かれた「世界新秩序の原理」という有名な文章がある。大東亜戦争をアジア民族の解放ととらえ、それまでの西欧中心の世界とは違う秩序を築きあげるのだという情熱は、「時代」の雰囲気をよく映しています。現代の尺度に当てはめたら、あの西田もか、と言う人もいるかもしれない。

でも私が惹かれるのは彼の残した書の数々で、五十代の頃はとても達筆の部類とは言えないが、六十代に入ってから抜群に素晴らしくなる。「無」という書などは、最後までとことん自分で考え抜いた稀代の哲学者の姿勢が感じられます。

詩人で彫刻家の高村光太郎、画家の熊谷守一など芸術家には思いがけず書のいい人がいますが、彼らに共通しているのは、書くというより描いているようなところがあって、それぞれに生きる姿勢があらわれていることです。

さて、「書は王羲之《おうぎし》に始まり、王羲之につきる」とは、少しでも書を習った人なら誰でも知っています。後代たくさんの書家がチャレンジはしても、誰一人として「書聖」王羲之を超えることはできなかった。それは千七百年たった今も変わりません。

それなのに、王羲之の真筆というのは一つも残っていないというのです。

七世紀、王羲之の書体に惚れ込んだ唐の太宗帝が、国中からかき集めようとしましたが、結局一つも見つからず、紆余曲折を経ていくつかの書の模写がつくられた。四字一句・二百五十の韻文から成る「千字文」は、南朝・梁の武帝が文官の周興嗣に文章を作らせ、文字は王羲之の字を模写して集成したといわれています。

「千字文」は遣唐使によって日本に伝えられ、次第に浸透していった。日本で見つかっている最古の王羲之体は正倉院にある光明皇后（八世紀）の手になる「楽毅論」ですが、以来、坂本龍馬の「龍」の字の「ハネ」にいたるまで、正統の書体として継承されていきます。今でも中華料理屋のメニュー、卒業証書、麻雀牌の「萬」の字にいたるまで、すべてが王羲之体を模しているほどです。

それにしても、小説でも音楽や絵画でもあらゆる創作分野には、ルネサンスのような一大転換期があり、そこから様々な系統が生まれて発展してきているのに、なぜ書にはそれがないのか。王羲之に類いまれなセンスがあったのは事実だとしても、千七百年もの間、一人変わらず頂点に立っているのはなぜなのか。

考えると、やはり人と時代ということを思わざるをえません。

王羲之は四世紀の初めに中国東晋に生まれています。官吏の間の伝達のために字に共通性をもたせた公文書をたくさん作る必要が生まれてきた時代で、質のいい紙や巧みな筆が作られはじめ、硯や墨など道具の評価が定まってきた時期にちょうど重なる。

そういう時代状況の中で、一地方官吏であり軍人にすぎなかった王羲之の字体がにわかに注目を集め、一気に書の頂点へとかけ上がっていった。

時代に恵まれた、ということに尽きるのではないかな。

時代の性格、作品の「核」

マキャベリは『君主論』の中でこんなことを言っています。

「用意周到な二人の人物が、いっぽうは目標に達し、もう一人はできなかったということが起きる。（中略）これは、彼らの行き方が、時代の性格とマッチしていたか、いなかったかの一事から生じる」

才能があり、素晴らしい作品をいくつもこしらえているのに、時代に合わず埋もれていった人はいくらでもいる。彼らには運がなかったのだ。そして歴史に名を残した芸術家は、みな時代とめぐりあっているのです。

映画の世界でも、チャップリンがヒトラーと同時代を生きていなかったら、あれほどの名優として活躍していただろうか。やはり、『独裁者』（一九四〇年）があったからこそ、チャップリンは単なる優秀なコメディアン兼監督ではない、映画史上に残るような存在になったのだと思います。『黄金狂時代』（一九二五年）、機械文明を風刺した『モダン・タイムス』（一九三六年）、さらには『ライムライト』（一九五二年）のような作品も、同じように時代の流れの中で生まれたものです。

映画監督・北野武さんにしても、自分には映画を作るほどの粘着性はないと自覚していたのが、デビュー作（『その男、凶暴につき』、一九八九年）を作ってから、壁の色が塗り替えられるみたいにどんどん世界が広がっていった。その監督をつとめることになったきっかけは、もともと予定されていたプロの監督が降板したことだったといいます。その後は映画メディアを含めて周囲がうまく流れを作り、ヨーロッパに北野フリークまで生まれたことも大きかったと思います。

ただし一つ言っておくと、いくら時代にマッチしたとしても、その作品に「核」となる何かがなければたちまち忘れ去られ、後世に残ることはありません。

映画づくりという作業は、撮って、編集して、音楽を入れて、と、とにかく粘り強さと根気の要るものです。けれどもその作業を通して一つの「核」、自分なりの「イズム」

のようなものが見つけられると、そこからまた次のアイディアなりが生まれ、次の作品が作りやすくなる。そういうものだそうです。

一つの作品を作る途中の過程で、人間はじつに様々なことを考えます。そして作品を作る時に絶対に必要なのは、模倣ではない、「核」となる何か。

それは絵画でも同じことで、芸能人が趣味で描いた作品が二科展に入選したとか、賞をもらったというニュースぐらいばかばかしいものはないと私は思います。

単に〝上手〟な絵など、内容がなくても達筆できれいな手紙と変わらない。前述した熊谷守一の本『へたも絵のうち』に語られているように、先が見えた「上手」より、先の見えない「下手」のほうがスケールが大きい、と言うのとは真逆のことです。

何らかの「核」を持った人間が運を逃さず、作り続けた作品だけが時代を超えて残るのかもしれません。

顔は死生観まで映し出す

眺めの悪い顔が増えた

前にある将棋名人が著書の中で、「会社の会長や社長に将棋の指南をしていると、この世は悪い人間のほうが長生きするらしいと思う」ということを書いていました。

かつては城山三郎さんの小説に描かれるような政財界の大物たちをはじめ、成功した人物ほどいい顔をしている時代があった。でも、近頃もてはやされるようなIT関係、コメンテーター、グローバル企業のトップなどは、見ているこちら側に妬みがあるせいかもしれないが、どうにも惨憺《さんたん》たる眺めだと思ってしまいます。

人間の顔というのはかなり変わるものです。

ずっと近くにいたらそれと気づかなくても、三年や五年も会わないでいると、世の中にきちんと評価されるような仕事をしているといい顔になっているし、単に経済的に成功しているという場合はどうも悪相になっている。

経済の方面でいえば、学者ですが少し前に亡くなった宇沢弘文さんなどは、いい顔してるなと思った数少ない一人です。数学から経済学に転じて先駆的な理論を打ち立てたあと、経済学は金儲けのためではなく人間のためにあるべきだという立場から、公害問題や地球温暖化まで縦横に活躍した。大酒飲みで、ワインに酔ってローマ法王に説教したという逸話もあるそうだから、無頼といってもいいと思います。

もちろん、利益を求めることも資本主義では大切ですし、お金は粗末に扱えるものではありません。けれど、まだ若いのに金さえあれば何でも手に入ると公言したり、いい大人までがそう考えるようになってきたことは、気になります。

お金と、仕事を通した生きる信条は、やはり別の領域にあるものです。

お金第一主義の金融家や宗教家の顔が一様にいやしいのは、お金によって仕事への尊厳と誇りを奪われているからだと思うのです。

闘争心が顔に出る

昨年（二〇一四年）のワールドカップサッカーを見ていて、選手たちの顔について思うところがありました。スイスやオランダのように陸続きで国境があって、長いこと戦争や覇権主義にさらされてきた国のチームというのはどこもしぶとく、なかなか負けない。選手の表情を見ていると、もし彼らが兵隊として荒野でサバイバルを余儀なくされても絶対に生き残るだろうな、という顔をしていました。

それに比べると残念ながら、日本の選手たちは弱々しく見えてしまった。一つ一つの動き、身体能力、瞬発力、スピード、組織力云々という技術論はその通りだろうと思います。でも私が感じたのは、顔つきが象徴する「球際《たまぎわ》」につきる、ということです。

ここで取れるか取れないか。どちらがやるかやられるか。

そういう場面で相手チームの選手とは顔つきが違う。すると一歩競り負ける。

違いを突き詰めていくと、根源的な闘争心の有無かな、と思います。

サッカーでもラグビーや高校野球、あるいは格闘技でも、日本では勝負のついたあとは礼儀正しく相手を称《たた》えるのが好まれます。

しかし、たった今自分が打ちのめした相手の顔を睨みつけて、「どうだ、俺の力を思い知ったか」と傲然とするタイプはどこの世界にもいる。礼とか惻隠《そくいん》の情という以前に、絶対に勝者として敗者を見下してやるんだ、という血なまぐさい闘争心がそうさせる。

あのモハメド・アリはビッグマウスとしても有名で、戦う前から自分こそ最強だと公言し、ダウンした相手をさらに罵倒するシーンもたびたびだった。そういう残酷さは闘争本能の根っこにあるもので、ワールドカップ決勝でアルゼンチンを下したドイツチームにもそういう雰囲気が感じられました。

いくらきれいごとを言っても、人間は生来サディズムを抱えています。性善説やマナーだけで考えようとしたら、ギリギリの勝負になるほど勝てっこありません。

私はサッカーについてさほど詳しくありませんが、チームスポーツでも、最後は一人一人の「個」の強さが勝敗を決めるものだと思います。

死に際に一行の詩を

もう一つ言うと、スイスやオランダだけでなく、いい試合をしている国の選手には何かわからないが、強いバックグラウンドがあるように見えました。

最初は家族かなと考えましたが、故郷、故国を大事にしているからではないか、という気がしてきました。

何年か前に野球の世界選手権で日本が韓国に競り負けたとき、韓国の選手は最後の打球をとった瞬間にヒザから崩れ落ちて、ウイニングボールを握りしめていた。そういう気迫というか、球際にかける思いの強さが日本の選手にはない。それは日本の選手たち自身がしばしば認めていることで、様々なスポーツでの日韓戦などでの分の悪さにもつながっています。

国際試合でのそうした彼我(ひが)の違いは、いったいどこからくるのか。いろいろ考えていくと、子どもの時からの育ち方、さらには思春期からそれまでに根づいた死生観の違いまで行き着きます。

国を背負って戦うのだという愛国心は、一人一人の死生観と隣り合わせになっている。その死生観のもとにあるのが、家と故郷です。前にも言ったように若い兵士も老兵も、明日は最後の決戦、死ぬかもしれないというときには必ず故郷を思い出します。故郷と、できうれば一行の詩。日本にも中国からきた格言や教訓はたくさんありますが、この国独自の死生観につながるような一行、詩句があるといいのだが。そんなことを考えるのです。

人類などカニみたいなものだ

何百年かに一人の天才とは

「太郎を眠らせ、太郎の屋根に雪ふりつむ
次郎を眠らせ、次郎の屋根に雪ふりつむ」

三好達治の「雪」という有名な詩は、生きものの気配さえ消えた雪国の夜の沈黙を語っているのか、子どもたちの安らかな眠りを伝えたものか、あるいは時間と静寂をうたったものか、様々な解釈があるようです。

詩というものは考えるほど、説明するほどに、本質から外れるような気がしてきます。

例えばランボーの詩にも、字句を読んだだけではよく分からない難解さがある。でも、もともと芸術作品というのは、究極的に言えば解説などなくてもその世界観がすっと分かるような、非常にセンスの優れた何千人かに一人のためにあるのではないかな。その意味では、そういう人たちが文学を志してくれたらいいのだと思います。

何年か前に、レオナルド・ダ・ヴィンチの大半の作品を集めた展覧会がロンドンで開かれて、あちこち手を尽くしてチケットを手に入れ、何時間も並んで、ようやく一時間ほど見ることができました。

「こいつは人間じゃないな」

それが、そのとき痛感したことです。

考えてみると、そういう天才は、文学ではシェイクスピア、音楽ではモーツァルト、物理学ではアインシュタインというように、それぞれの分野で出ている。物理学では相対性理論やアルキメデスの原理、数学ではフェルマーの最終定理やポアンカレ予想など、普通の人間にはとうてい理解しがたい理論なり法則がたくさんあります。

最近ときどき思うのは、そうした偉大な科学的真実というのも、実はたったひと握りの天才のためにあるのではないか、ということです。

地球に隕石が大接近したらどうするか。

待ったなしの地球温暖化をどうすればいいか。

そういうことさえ解決できるような、何百年かに一度現れる人間とは思えないような天才がいて、世の中をパッと変えてしまう。まるで、といた卵に酢を一滴たらすと、一気に攪拌《かくはん》されるみたいにポツリと一粒、一人の天才がこの世に入ってくるだけで全体に波紋が広がっていって、世の中全体の眺めが変わる。

それまでは間違いを繰り返しながら、右往左往するのが人類だろうと思うのです。

私をふくめて九九・九九パーセントは凡人で、せいぜい学校で足し算引き算、掛け算割り算、読み書きぐらいは覚えたかな、ぐらいが関の山です。中には何十年もかかって勉強と研究と発見を重ねる人もいるけれど、彼らには宇宙の成り立ちのような大きな発見は最終的にはできない。大発見の前段階までの基礎工事をする人たちです。

それはどの分野にもいて、最後は天才的な誰かがブレイクスルーする。そこから画期的な技術が生まれたりする。そういうものではないかと考えるのです。

技術などあやしいものだ

私は子どもの頃から、「お前、血出てるぞ」と言われてやっと気がつくような鈍感なところがありました。痛みや痛いという感覚は波動的だと耐えがたいが、ある程度一定していて持続的だと、だんだん慣れてきます。

だから、大人になってもバファリンみたいな痛み止めも風邪薬もまず飲まない。明かりを消した部屋の暗がりで苦痛が去るまでじっと耐えることにしています。

真夏、暑くても冷房を入れないから夏などはたまらなくなることもあります。でも、たまにドアを開けると廊下から風が入ってきて、ああ涼しいなと感じられる。

要するに、人工的なもの全般に対して不得意なのです。

メルロ・ポンティの紹介者である哲学者の木田元さんの『技術の正体』という小さな本に、「技術とはそんなにいいものであるはずがない」ということが書かれていた。要するに、これまでいかにも技術を尊んできたのは小理屈であって、人間が作る技術というのは実はそれほど確かなものではない、怪しいものだというのです。

私も、これまで人類が発明してきた画期的な新薬、文明を一歩も二歩も進めてきた技術を全否定するつもりはありません。でも一番大事なのは、果たしてそれが人類にとって本当に必要で有用なのか、ということだと思います。

ミクロン単位でベアリングを作るような技術も、人類がここまでは来ました、という成果の一つぐらいに考えたほうがいい。原子力技術も、人間の力で制御できなくなったり、廃棄物が手に負えなくなったりするなら、経済的な面だけを見て有用だとは言えないだろう。同じように結論の見えないのは原子力だけでなく、他の様々な先端技術にもついて回ります。

技術とは、人間が信じるほどのものではなくて、実は曖昧で無責任なものではないか。技術革新と進歩には夢があるように聞こえるけれど、技術を盲信するのは人間として堕落しているということではないか。私は、人類みんなが横並びで進んでいくような技術の追求は、いつか大きな失敗をもたらすような気がしてなりません。

ある時期、私は「美を求めて絵画を探す」という名目で、五年間ぐらいかけて地球を五周ほどもしました（ついでに世界中のギャンブル、カジノを見る目論見もありましたが）。当時、年がら年中、飛行機に乗っていてつくづく感じたのは、「人間というのはカニみたいなもんだな」ということでした。

陸地にへばりついてあっちに行ったりこっちに来たり、時々、縄張りを争って戦争する。愚かだと言うのは誰だってできますが、私が生きてきた六十数年の間でも、地球のどこかでは必ず戦争をしていて、世界が平和だったことなど一度もない。

災害もそうです。海や陸が暴れたら大勢が死ぬ。火山もしかりです。

上がったり下がったりするのは経済現象の鉄則であって、これまで何度も繰り返されたように、また恐慌だって起こるにちがいない。

個人主義、自分探しがもてはやされますが、空の上から見た個人なんて、画面の中の砂粒みたいなもので、財産がいくらあるとか、名家の血筋だとか、非の打ちどころのないキャリアだとか言ってみても、人類全体として考えたら、どうでもいい、取るに足らないような差でしかありません。

どれかとどれかがくっついたり離れたりしながら、せいぜい七十年か八十年か同じ画面の中にある、その繰り返しにすぎない。

這いつくばって横歩きに右往左往しながら、しばらくのあいだ生きている。

人間って、そういうものじゃないのかな。

安心・安全なんてあるものか

日常はいつだって壊れる

あの日、仙台の自宅はぐらぐらという激しい揺れがずっと続いた。

電気は途絶え、今この国がどういう状況になっているのか、自分の家と近所ぐらいしか分からず、ラジオが唯一の情報だった。

いつでも飛び出せるようにとにかく靴だけははいていた。

「沿岸部に津波が迫りつつあります。5メートルから7メートル、すぐに高台へ避難してください――」

アナウンサーが同じことを繰り返し呼びかけていた。7メートルと言ったら到達する時はゆうに10メートルを超える。四階建てビルを呑みこむほどの高さだ。

日が落ちるとともに急に寒さがやって来た。ローソクに懐中電灯に手巻ラジオ、日ごろから備えのいい家人が買っておいた石油ストーブでわずかな暖をとりながら、余震にきしみ続ける家を見つめていた。ヘリで現場上空に行った記者の声が言った。

「津波にのみ込まれたのでしょうか、一部のビルをのぞいて町が消えています」

「ただいま仙台市××区の上空に来ていますが、道路や海岸に無数の溺死体が散乱している模様です」

大空襲じゃあるまいし何だそれ、NHKニュースが「死体が無数に転がっている」だなんて、今までの生活の中で聞いたことがなかった。ヘリの高度を下げてライトを当てたんだろうか……。仙台、石巻、南三陸、陸前高田、釜石、宮古と被災地域は広がり、死傷者の数、被害者らしき人数は時間がたつにつれてどんどん増えていった。

「暗闇が続いて海は波の白さが目立ちかすかに海と判別できますが、海岸端は建物の影もなく、ただ無数の死体が転がっています。私はこれまでこういう光景を見たことがありません」

ようやく朝を迎え、地元新聞の一面を見てぼうぜんとした。

子どもの頃にみた空襲後の廃墟の写真そのままの光景だった。

＊

日常というのはいつだって突然壊れたり、狂ったりする。多くの日本人がそのことを四年前に思い知らされました。日本列島は火山や断層の巣で、いつどこに大地震が来てもおかしくない。それは少し本を読めば誰でもわかることですし、今だってその手のニュースは日々報じられています。

避難や物品の備えはもちろんですが、心の備えも大事でしょう。また考えられないような事態が起きるかもしれない、最悪のことは明日にもその日のうちにも起こりうる、という想像力こそが大切です。

いつの時代でも、安心や安全は誰かが保障してくれるものではない。

それにほとんどの場合、人は人を救ったりすることはできないものです。

溺れている人を見て助けようと飛び込んだら、正面から相手にしがみつかれて自分も死んでしまう。泳ぎが達者で用意周到な人でも、相手を殴って気絶させてから抱えて泳ぐことまで想定しておかなくてはならない。

自分だって危ういときに他の人を救おうと思うなら、言葉ではなく、相手を圧倒してしまうほどのパワーが要るということです。

東日本大震災では、間一髪で助かった人もいた一方で、二万人もの人が亡くなりました。それほどの命が一瞬にして絶たれるのは、太平洋戦争以来のことでした。

先祖の言い伝えは守るもの

昨年もまた現代人の自然との向き合い方について色々考えることがありました。御嶽山《おんたけさん》の噴火みたいなことだって突然起きる。なぜ噴火が予知できないか、避難計画やシェルターはどうなっているのか。それを追及したところで、富士山をはじめとして日本列島は活火山だらけの国なのです。マグマが問題だと言いだしたらどの山も登れなくなるし、住む場所さえなくなりかねない。

あの噴火で気になったのは、噴煙がもくもくと上がっているときにスマホや何かで映像を撮っていた人が結構いたことでした。明らかに異常事態が起きていることは見て分かる。迷うことなく退避したのか。間にあわないとしてもできるかぎり姿勢を低くして、頭を守ったのだろうか……。

噴火のその時にいた場所によっては避けようのない不幸もあったにちがいない。大切な人や家族を亡くしたりした人の悲しみははかりしれないものがあります。

御嶽山の前の大爆発は一九七九年とだいぶ前ですが、それでも今回の噴火の少し前から山の微妙な変化を感じとっていた人がいたそうです。

広島の土砂崩れにしても、前にも度々水害が起きている傾斜地だったから、ここから先は家を建ててはいけないと言った人が多かったらしい。何年か前のことだが、私の田舎でも大雨の土砂崩れで老人ホームが流されたことがあった。知り合いの老大工は、「あそこに家を建ててはいかん、と昔から言われとった。長く住んでる人なら誰だって知っている」と言っていました。

そういう土地に家を建てるのを許可する役所もいけないが、業者のモラルもいいかげんすぎると思います。

前にも話したように、もともと人間には優れた察知能力が備わっています。

ちょっと変だぞ。おや、これは見慣れない情景だな。

そう察知したらすぐに反応できる自分を作るためには、統計やデータよりも勘をしっかり培っておかなくてはならない。

文明に囲まれた暮らしの中で、野生の動物としての能力がだんだん薄れていくのは仕方ないとしても、それをいくらかでも守る方法としては、予報や確率などより、れっきとした根拠のある先祖代々の言い伝えを大事にしておくことだと思います。

逆に言うと、新しい技術があるからといって、先祖たちがやろうとしなかったことを無理にしてはならない。人間の技術は、自然を相手にしたときにそれほど信用できるものではないのは分かりきったことなのだから。

マキャベリの言葉ではありませんが、人間というのは得手勝手で危険な生き物だと察知しておかなくてはいけない。そうでないと、何か思わぬことが起こると驚いて慌てふためいてしまうし、それは自然にも通じることです。

いや、それが人間だろうよ。

それが、自然というものだろうよ。

その覚悟を持っておくことです。

神や仏にだって頼らない

これでは死ねないか

知人に何度も大病を経験し、がんではベテランと言ってもいい人がいます。

彼の話では、胃がんは、わりあい神経質で嘆き体質の人がなりやすいという。手術して切りとっても、「再発するんじゃないですか？」と医者に聞き続けるような患者ほど再発するという。わかる気がします。

がんというと、私もちょっとした騒ぎがありました。少し具合が悪いことが続いて病院で調べた時のことです。検査の後、慌てた様子の家人から電話がかかってきました。

「あなた、がんらしいじゃない？」

「誰がそんなこと言った？　がんじゃないよ」

「いえ、先生ががんだって言ってたわよ」

主治医とは長い付き合いでしたから、「もしがんだったら、家族に言っちゃダメだよ」とお願いしていたのに、つい家人にもらしてしまったらしい。

「先生、どういうこと？　おまけに女房に話すなんて」

「いや、がんだったら保険が利かないという話をしたので――」

結局、手術はしてがんではなかったのですが、それでも家人は納得しない。

「あなた、先生を脅かしたんじゃないの？」

「もし脅かしたにしたって、大事なのは、がんじゃないってことだろ」

それでもウンといわないので、また主治医にお願いしました。

「これはがんではありませんでした、と一筆書いてくれ。再発だ何だ、タバコもお酒もやめてなんて言われたらかなわないからさ」

私はもともと心臓に持病があって、そんなことも重なったので、いま私が余命わずかだと言ったら誰がどう言うのかな、と考えてみました。

一応、最初に女房はどうか。

「今はちょっと困るわ。家のローン全部払ってからにしてくれないかしら」

ちなみに私は生命保険には入っていない。自分が死ぬことで女子どもに大金が入るのは教育上よろしくないからね。

ではガールフレンドがいたら何と言ったものか。

「何よ、せっかく海外とか温泉とか旅行にいけると思ってたのに」

編集者はどう出るか。

「できれば借金を返してからにしていただけないでしょうか」

やっぱりダメだ、全員俺のことなんか考えていない。別に責めてるわけじゃなくて、みんな自分のことしか考えていない。だったらこんなことで死ぬもんか。

そんなことを考えていたら朝まで寝つけなくなってしまった。

芥川龍之介の短編『蜘蛛の糸』ではありませんが、これまで自分がどう生きてきたかを振り返ってみても、自分はあの盗賊カンダタがいた地獄へ行くんだろうな、としか思えないのです。もちろん、仏様が糸を垂らしてくれるとも思いません。

「来世というのはどんなかしら」

信心深いクリスチャンの家人がときどき言ったりします。

「ああ、そうだねえ。もし五百年後に俺がゴキブリに生まれ変わったら、お前に出会って『やめろ、俺だ！』というヒマもなく、スリッパか何かでバーン！ と叩かれて一巻の終わりかな。そんなことなら生き返りたくないね——」

ちなみに家人は虫が大の苦手で、ゴキブリ一匹に悲鳴は上げるわ物は投げるわで、虫のほうがかわいそうになるぐらいなのです。

「そういうことを言ってはいけません、罰が当たります」

牧師さんはそう言うけれど、私には私の考え方があって、今さら変えようがない。

ゴキブリならそれでもかまわないし、人生がこんなに虚しいものなら、もう一度は這いつくばってでも生きたくないな……そんな気もしてくる。

自分は自分で打ち止め

だいぶ前のことですが、海難事故で亡くなった弟の墓を受け入れてくれた寺の和尚に聞いたことがあります。

「神さまって、いるんですかね？」

「わしも会ったことはないが、いたほうが何かと都合がいい」

私はこの和尚が好きでした。

私は親族にかぎらず人の家を訪ねて仏壇があれば手を合わさせてもらうし、奇蹟の地に行けば祈りもします。でも、自分のために祈ることはいっさいしません。

仏教では輪廻転生、キリスト教なら天国と復活、話としては色々あって世界中の人のざっと半分ぐらいはそういうものを信じているようです。

何も神や仏を信じるのは馬鹿げているというのではないし、人間の考えること、することを超えた何かがあるというなら、私は「××宗・無頼派」みたいなものです。

牧師さんや坊さんと話をするのも好きだし、ああ話をできてよかったなと思うことだってある。でもそれは案外少ないようです。何だか詐欺師みたいだと思うことも多い。

前に、千日回峰行を成し遂げて大阿闍梨になられた方に会ったことがありますが、悟りを得た上人様というより、どこか常人にはないエネルギーを感じたものです。もっとも普通の人が倒れるようなところで倒れないのだから当然ですが、どこかアブナイ、という意味では私と同じなのかもしれません。

もともと私はあの世というものを知らないし、興味もない。実際に行って見て知っているという人に会ったこともありません。

「俺は俺で打ち止め」

私はそう思っています。たとえて言えばドラキュラが最後杭を打ち込まれて果てるように、全ては自分で打ち止めにする。宿縁とか業とか罪とか、自分の中に何があるにせよ、自分という存在はすべて自分で終わり。

たとえ来世があっても一切思いをかけない、死をもって自分は跡形もなくなる。
そう考えているのです。
それでは何だかさびしくはないか。そう思う人もいるだろう。
しかし、こう考えていたほうが、案外楽なこともあるのだよ。

伊集院 静　1950（昭和25）年山口県生まれ。作家。立教大学文学部卒業。『受け月』（直木賞）、『機関車先生』（柴田錬三郎賞）、『ごろごろ』（吉川英治文学賞）、『ノボさん』（司馬遼太郎賞）、『大人の流儀』シリーズなど著書多数。

Ⓢ新潮新書

605

無頼《ぶらい》のススメ

著　者　伊集院静《いじゅういんしずか》

2015年2月1日　発行
2015年2月10日　2刷

発行者　佐藤隆信
発行所　株式会社新潮社
〒162-8711　東京都新宿区矢来町71番地
編集部(03)3266-5430　読者係(03)3266-5111
http://www.shinchosha.co.jp

印刷所　錦明印刷株式会社
製本所　錦明印刷株式会社

ISBN978-4-10-610605-7　C0210

価格はカバーに表示してあります。

新潮新書

201 不動心 松井秀喜

選手生命を脅かす骨折。野球人生初めての挫折。復活を支えたのは、マイナスをプラスに変える独自の自己コントロール法だった。初めて明かされる本音が詰まった一冊。

237 大人の見識 阿川弘之

かつてこの国には、見識ある大人がいた。和魂と武士道、英国流の智恵とユーモア、自らの体験と作家生活六十年の見聞を温め、新たな時代にも持すべき人間の叡智を知る。

287 人間の覚悟 五木寛之

ついに覚悟をきめる時が来たようだ。下りゆく時代の先にある地獄を、躊躇することなく、「明きらかに究め」ること。希望でも、絶望でもなく、人間存在の根底を見つめる全七章。

490 間抜けの構造 ビートたけし

漫才、テレビ、落語、スポーツ、映画、そして人生……、〝間〟の取り方ひとつで、世界は変わる——。貴重な芸談に破天荒な人生論を交えて語る、この世で一番大事な〝間〟の話。

576 「自分」の壁 養老孟司

「自分探し」なんてムダなこと。「本当の自分」を探すよりも、「本物の自信」を育てたほうがいい。脳、人生、医療、死、情報化社会、仕事等、多様なテーマを語り尽くす。